JN245761

日記で読む日本史9

倉本一宏 監修

平安期日記文学総説

一人称の成立と展開

古橋信孝 著

臨川書店

目次

はじめに

本書は『日記で読む日本史』の一冊である。つまり日記から日本史をみようとするもので、いわゆる日本古典文学の日記文学を論じようとするものではない。私は日本文学研究者だが、常に歴史を意識してきた。日本語の文学の歴史を知りたいと思っていたこともある。若い頃、『万葉集』を読み始めたとき、外国の文学や近代以降の文学とは異質なものを感じ、立ち止まってしまった。そしていつのまにかすりこまれたわれわれの文学観を意識するようになった。そういう文学観で読むのでは、われわれの都合のよい読みをしているだけで、『万葉集』の歌にこちらの感性、解釈を押し付けているだけのように思えた。それでは『万葉集』の歌の詠み手の意図とは異なるのではないか。『万葉集』の歌を読んだことにならないのではないか、と考えた。少なくとも『万葉集』を研究の対象とする者の態度ではないと思えたのである。

もちろん作品は作者の意図を超えて読まれてかまわない。言葉の表現の働きそのものから読めるレベルがある。それを時代を超えているという意味で普遍的と呼ぶことができる。しかしそのレベルでは読めない表現にしばしば出会う。それは万葉集の時代の歌の表現の歴史性とみなすことができるのではないか。

というようにして、歴史を考えるようになった。この歴史は文学の歴史であって、歴史学の歴史とは異なるだろう。では、歴史学で明らかにされる歴史とどのように繋がっているのだろうか。歴史学の明らかにするのはある時代の制度やできごとの実際の姿である。文学の歴史は言語表現の歴史と、ある作品が語っているその時代や社会の受けとめ方である。どのように社会や時代をみていたかという点では、文学研究も歴史学も、同時代として通じるところがあるはずである。もし学際というものがあるとしたら、歴史学と文学とがそれぞれ明らかにしたものを、それぞれが受け止め、互いの領域で検討してみることだろう。そのようにして、同時代としての共通性がみえてくれば、それは古代なら古代という時代をより普遍的に明らかにしたといえるだろう。

古代の場合、古代の表現に近づくために、私は特に民俗学、文化人類学の書物を渉猟していった。文化人類学は社会の原理的な把握をしようとしており、古代社会を考えるのに学ぶことが多かった。社会や観念の基本的な構造、枠組みなどを教えられた。その構造、枠組みの実質的な内実、感受性などは民俗学、折口信夫の「信仰」にも多くを学んだといえる。

文化人類学は構造主義と関連しているが、構造主義は歴史を社会を成り立たせるさまざまな要素の変化とみなし、マルクス主義の歴史主義とは対立的である。マルクス主義では、社会は矛盾を抱えており、その矛盾を克服していく過程が歴史と考えられている。その意味で、あらゆる社会が、それぞれの社会によって違いはあるが、同じ歩みを辿ると考えられていた。階級分化は矛盾のあらわれだが、それが克服され、平等の社会が実現する過程が歴史である。社会は経済を土台である下部構造と位置づけられ、富の偏りが階級としてあらわれる。そしてその土台の上に文化が上部構造としてあると考えている。

この階級史観とでも呼べる見方に正当性があるとするならば、富の偏りを否定し、平等を求めるところにある。富の偏在は必ず富んだ者に有利に、貧しい者に不利をもたらすからだ。同僚の経済学者から、戦後日本は社会主義的な政策が最も成功した社会だったと聞いたことがある。

第二次世界大戦敗戦によって、財閥解体だけでなく、大地主から農地を取り上げ小作たちに分け与えた農地解放が行われ、国有鉄道、郵便局などの利益を優先させず、国民の利便を優先させた政策などがあり、世界で最も貧富の差の小さい国になった。それが小泉政権の頃から、世界経済との競争を優先させ、郵政民営化に象徴される利益を優先する方向に転換した。累進課税によって、高額所得者に科せられた高い税率と低所得者の低い税率という考え方が改められ、貧富の差が広がっていった。働く意欲を削がず、高所得をえられるように努力することが経済を発展させ、国際的な競争力をつけ、国全体が豊かになるという考え方になっていったわけだ。

マルクス主義の考え方は歴史だけでなく、社会や人間についても新しい考え方をもたらした。人間を宗教や国、人種という括りではなく、資本家、労働者という括りでは見た。近代は国が単位になり、国民という概念が大きな意味をもったが、宗教が担っていた国家を超える人間の概念をもたらしたのである。

私はマルクス主義者ではない。どういう時代にも人は経済的な価値だけで生きているのではない。古代でいえば、圧倒的な自然に観念を対置することで、自己や自分を含む共同体を存続しえた。つまり古代の人々には神話が生きる根拠であった。アマゾン流域の原住民たちがつい最近まで太古以来の生活を営んでいたことは、人間にとっていわゆる進歩、豊かさが絶対的なものではなかったことを示している。経済的なものは壮大な神話の大系の重要な要素であったが、最優先ではない。豊かさを求めることが最も重要だと考えた人々の末裔がわれわれだといえるのかもしれない。しかしわれわれのなかにも、豊かさが最大の価値だと思っていない者が多くいる。最低の生活水準が確保されているからそういえるということもできるが、それは社会が豊かさを求めるものだから、そのなかで生きていくためにそうなっているのである。インドで物乞いをする人に出会ったことがある。彼らはわれわれをじっと見つめ手を出すだけで、小銭を渡しても感謝などしない。われわれが与えることは当然なのだから、卑屈ではない。

社会主義国の崩壊はマルクス主義が非現実的であることを証明したようにみえる。しかしいわゆる社会主義国は共産主義への過程であって、マルクス主義の理想とする国家ではない。今問題なのは、社会主義国の崩壊以降、目指すべき共通の未来像がみえなくなったことである。マルクス主義を批判することで構造主義が出てくる。構造主義は歴史を軽くした。歴史は必然性としてあるのではなく、偶然性や恣意性としてあるにすぎないとも考えられるようになったのである。私はそうは思わない。あらゆる社会が内部に矛盾を抱えている。人は親子であろうと、兄弟姉妹であろうと、同じ環境で育とうと、一人一人は個別的な存在である面を必ずもっているからだ。まったく同じように感じるわけでもなく、考えるわけでもない。そういう個人の集まりである社会は常に動いていかざるをえない。その動いてきた軌跡が歴史である。

その歴史に法則があるのか、論理があるのかはわからない。ただいえるのは、あらゆる文化は歴史的なものでしかないということである。現在の価値観が絶対的なものであるわけではない。

たとえば、『万葉集』の歌は集団に埋没していた個があらわれたものという見方がいまだになされている。これは芸術は創作者の固有性がなせるものという個人の固有性に重い価値を置く近代社会の見方が古代文学にも投影されたものでしかない。特に『万葉集』の短歌において、現在は古代的な表現には気付いてはいるから、似通った表現を並べ、古代における意味内容を指摘したうえで、表現の差異に焦点を当て、そこに作者の固有性があらわれているという論がほとんどで、表現が場面、状況によって変わることとの差異とどう違うかが問われているようにはみえない場合が多い。場面、状況による差異は表現が具体性に向かう際に必然的に起こるもので、詠み手の固有性ではない。まず表現が場面や状況の具体性に向かうという在り方を原理的に考察したうえで、表現史の問題として考えるべきなのである。

このようにして、文学も歴史的な位置付けをすることの必要性がみえてくる。古代という時代で読むということは、詠み手の固有性と考えられてきたことすべてを疑うことなのである。

本シリーズに鈴木貞美『「日記」と「随筆」』があるが、この本はある作品が生まれる歴史性を影響関係で考えている。鈴木の方法は近代は煩雑ではあるが、わかりやすく、ある作品を支えているものを当時外国からこういうものが入っているというようにして時代のなかに位置づける作業をしている。作者の固有性など問題にならない。

私は吉本隆明の『共同幻想論』(一九六八年)などの影響を受けたが、吉本の論は表現の分析にはそのまま使えない。『言語にとって美とはなにか』(一九六五年)はマルクス主義の芸術論、つまり社会主義リアリズム論を否定したが、「自己表出性」という概念を立てて、やはり作者の固有性を文学、芸術の根本においた。私は古典文学を読み進めていくなかで、この個人の固有性を根本に据える考え方は疑われた。類歌の多い『万葉集』の歌は文学的な価値は低いことになってしまう。類歌が多いことは編んだ者がそれに意味を認めていたに違いない。つまり固有性よりも共通性に価値を置いていたことを示しているはずである。

そこで私は吉本の共同幻想、対幻想、個幻想という考え方を、個人の共同体に向かう心の動き、対幻想を対に向かう心の動き、個幻想を自己に向かう心の動きと考えることで、表現の分析が可能になると考えるようになった。その三方向の心の動きは誰もがもっているものであり、どれに重きを置くかは、個人や社会、時代、そして状況によって異なる。『万葉集』の類歌の多さは共同体に向かう個々の心の動きに価値を置いていることを示していると考えたのである。つまり歌、文学はすべて個人の発するものであり、心の動く方向によって評価されるべきだと考えるようになった。たとえば豊作を願う歌なら、民謡は集団でうたっても、一人でうたっても同じであり、共同体に向かう心が表現されるものとしてみるべきだということになる。逆に恋をうたう民謡なら集団でうたっても個人でうたっても同じわけで、対に向う心を表現したものである。文学研究は表現からみるべきなのである。

そして共同体に向かう心に大きな価値を置くかどうかは歴史性として考えることができる。

私はお金持ちになりたいとは思わない。しかし貧しいのは嫌だ。勤めた大学が定年になり、研究室の本をダンボールに入れて家に運んだが、それを収める書架はほとんど満杯で、庭に物置を建てたが、これは使いにくく、結局ダンボールが一部書架の前に積み上がり、見られない本が多くある。もっと広い家、広い書庫があればいいとは思う。広い庭があればぼんやり庭の木々を見てすごせるのにと思わないではない。でも深刻ではない。たぶんいわゆる中流家庭にそれほど不満をもっているわけではない。この中流がマルクス主義でいえば、プチブルに当たり、私の感じているのはプチブルにありがちな観念性だろう。

私にとって価値があるのは文学や研究、批評の世界である。自分の利害を超えて考えることができる。公平でいられる。そして公平を主張できる。しかし古典の世界に公平でいられるのはなかなか困難なことである。われわれは現在生きているこの世の感じ方、考え方を無意識のうちにすりこまれている。そういう自分を相対化する方法をもたないと、古典に対する評価も現代からのものでしかなくなる。

相対化できるのは普遍の立場である。そこに立つにはあらゆる文化は歴史的なものにすぎないと徹底して考える以外ない。この自分の生きている現代も歴史的なものにすぎないのだ。技術から考えれば生活を便利なものにしていく技術は進歩する。しかし文学に進歩はあるのだろうか。言語のさまざまな働きを開発することを進歩とすれば、表現の技術に進歩はあるだろう。しかし技術の進歩はそのまま文学の進歩ではない。文学はその時代、社会の人々を感動させる、引きつけたり、おもしろがらせたり、悲しがらせたりするものである。そして言語のどういう面を使ってそうしようとするかもまた時代、社会の歴史のものなのである。

私が考えている歴史とはそういうものだ。歴史学のいう歴史とは異なる。その意味で、本シリーズ「日記で読む日本史」は日記から歴史を読むの意と、日記で日本の歴史を語る意と二つの意が考えられる。私は後者をさらに細かくして、日記文学で日本の文学の歴史を語ろうと考えている。

序章　日記の時間とひらがな体

1　日記の時間

なぜ日記を書くのだろうか。

私は小学校の夏休みに宿題で絵日記を書いただけで、日記を書いたことがない。と書いて気づいた。私は二、三十代の頃は手帳に読んだ本や論文など、学会や研究会への出席、個人的に会った人、そして競馬の収支、麻雀のメンバーと成績などもメモしていた。映画や展覧会を観た時にも書いていたし、三十代にはしばしば沖縄の八重山の祭を見て歩いていたから、どこに行ったか、何を見たかもつけていた。それらは一日何をしたかの確認だった。四、五十代の頃は書いた原稿も、どういう雑誌に何枚などとつけていた。このようなことは、学生時代、勤勉に勉強しようと古典、学術書、論文など一日百ページ読むことを科していたから、その記録としてつけるようになったのだと思う。しかし古典や学術書などで百ページ読むのは無理で、当時出され始めていた月間の漫画誌『ガロ』もカウントしたし、評論、小説なども加えていた。

これを日記と意識したことはなかったのである。日記は何を感じ、何を考えたかまで書くものだと思っていたからである。そんなことをし始めればそれに長い時間を取られ、本を読んでいる時間が削られてしまうと思っていた。特に三十代の頃、中世の物語、語り物類を中心に活字になっている古典類は全部読んでしまおうと思っていたから時間が必要だった。おまけに八重山を歩き、沖縄関係の市町村史誌、人類学などの研究書、地元の人が書いた村誌なども入手しては読んでいただけでなく、社会人類学、文化人類学の書物も次々に読んでいたのである。

私がそう思い込んでいたのには、近代になって以降、毎年暮れから始めにかけて日記帳が書店に並べられるほど、日本に日記をつける文化が定着していたことによるようだ（鈴木貞美『日記で読む日本文化史』二〇一六年）。しかし日々にしたことをメモしたものも日記と呼ぶなら、私の手帳は日記でもあった。

私の場合は、日々にしたことの確認だった。これは自分だけのもので、人に見せることもないし、話したこともなかった。また見直すのは週末に読んだ本や雑誌のページを計算する時だけだったが、武蔵大学の同僚の教員が教授会の後で、やはり去年の今頃に会議があり、こういうことが議題だったという話をしていた。教授会にしろ学科会議にしろ、前の日に昨年はどうしていたか去年の手帳を見るというのである。

そういわれると、私は大学の会議なども付けるようになっていたが、昨年どうしたかなどは考えたこともなかった。というより、一週間に何ページ本を読んだかを確認する以外、手帳の過去の日を確かめることはなかった。つまり、その日何をしたかを振り返るだけだったのである。

私はそうだったから、同僚に教授会、学科会議などによって一年前どうしたかを振り返り、その頃何をしていたかなども思うといわれて、会議は共通の時間だから、彼にはその共有の時間が個人的な時間を位置づけることになっていることに気づかされた。私には自分が生きている実感は読書したり、調べ事をしたり、書いたりしているところにあり、会議はいわば生活のための勤めだった。会議をおろそかにしていたわけではない。それなりに聞いており、発言もしていた。しかし会議が終わればたいてい忘れてしまい、教授会の後気心の通じる同僚たちと飲みに行ってうっぷん晴らしをするなどには付き合わなかった。書斎に帰り、読書したり、原稿を書いているほうがいい。やるべきことはたくさんあり、時間がもったいなかった。

しかしその日を振り返るとは何だろう。たぶん貴重な一日一日の時間を埋めていることを確かめたかったのだと思う。ならば麻雀などして後悔したかというとそんなことはない。どうも時間を使っているのが自分であること、つまりかってに流れていく時間を自覚的にして、自分の側から覆ってしまおうとしていた。しかししかたなく参加する会議などはこの世で生活していくための労働であり、この世との繋がりだからサボることもなかった。その代わり制度外の付き合いは自分が嫌ならしなかったのである。

といって、その同僚の発言は今でも覚えているように、共有している時間と自分の時間との関係を改めて考えさせられた。私は会議などは考えたことはなかったが、研究会ならメンバーと共有の時間である。それは一月に一回だが、学会には古代文学会だけは毎月出ており、その二つによって定期的なリズムを作っていた。それと自分の仕事が直接繋がっているわけではないが、学、研究生活という言い方をすれば、リズムではあった。研究会の後の付き合いはしていた。しかし人の噂話などは嫌いだから話さなかった。研究、知、文学などについて以外関心がなかった。後に気づくのだが、私がいる場では話題がそうなっていった。また自分の仕事は、自分の流れであり、依頼原稿を書いているにしろ、依頼された題目を自分の思考からとらえ直して書くから、自分の思考する領域が広がるわけで、自分の流れに取り込んでいた。人と共有する時間はやはり学会と研究会だった。

個別的な時間と共有される時間

もちろんこの共有される時間と個別的な時間の関係は日記だけにあるわけではない。たとえば、私は小学校三年の途中から練馬区の外れの三鷹市に接する、父が務める電気通信研究所の社宅で、父母が亡くなるまで住むことになる家を建てるまでの四年間を暮らしたが、その小学校のクラス会は大学に入った頃から断続的に続いていたおかげで、小学校の時間は何回も蘇り共有された。そのクラス会は母親が銀座でレストランを営むK・Iさんが呼びかけてくれたことにより始まり、担任の先生が亡くなるまで数年に一回くらいのゆるいペースで続き、その五十年間に私はたぶん四回くらい出たと思う。私が四十代の終わり頃の最も盛大に同級生が集まった会に、中学校に行かなかったN君が来た。中学一年の時同級生と何人かでN君を誘いに行った。N君は駅のすぐ傍の八百屋の店先で前掛けを着けてバケツの水で野菜を洗っていた。体の小ささと屋号の入った前掛け姿のアンバランスが、普通ならかわいいといわれるだろうが、その時はリアルで悲しかった。父親が出てきて、中学校に行かなくても八百屋はできる、自分も小学校しか出ていないといった。誰といったかも、何人いたかも覚えていないが、われわれはすごすごと引き返した。誰も口を開かず、それぞれの家に帰った。私は父親のいうのはその通りだと思いながら、誰もが行くことになっている中学校に、親が行かなかったからといって行かないのはかわいそうだと思っていた。その後N君のことは忘れていたが、K・IさんからクラスN会にN君が来ると聞いて出ることにした。みんなN君のことが気になっていたのである。N君もみんなが気にしていたことを意識していたらしく、八百屋をスーパーにして繁盛しており、社長をしていると自慢げにいっていた。

私にとっては社会に対する意識を深くしていった一場面だが、小学校という時間の共通の時間における想いだった。小学校時代に抱かされた社会意識はけっこう強い。給食にパンとミルクが出たが、そのミルクを私はおいしいと思っていたが、みんなはまずいという。みんなが給食委員に注ぐミルクを少なくしてくれるようにいうため、いつもバケツには多量のミルクが残り、先生はおかわりをしなさいといっていた。私はおかわりが欲しいのに言い出せなかった。そして大量のミルクが流され、流しが真っ白になる像が浮かんでいた。自分はみんなとは違い、それをいったら仲間外れになるという意識である。しかし誰かは私と同じにおいしいと思っていたと思えた。つまりみんなに合わせているだけではないか、ミルクはまずいということで小学校の生徒の共通性が保たれているというようなことも考えたのである。

五年の秋の運動会に子供会対抗リレーがあった。私は社宅を中心にした緑会に属しており、そのなかにいわゆる朝鮮人部落を含んでいた。リレーは学年ごとで、朝鮮人の六年生がアンカーになった。社宅の子たちは勤め人の子らしくひ弱で、五年まではビリだったが、体が大きく強そうな朝鮮人の子がそれこそごぼう抜きに抜きに抜いてトップでゴールした。会場が大いに盛り上がり、大歓声に包まれた。彼はまさに英雄だった。私も興奮した。しかしゴールした途端、彼らは普段差別されていることを思い起こし、素直に喜べず、私は人込みの中に呆然と立っているだけだった。犬がいなくなると朝鮮人が捕まえて食べていたなどと噂されていた。だから子供会に彼は出てきたこともない。それなのに運動会のリレーの時だけは英雄である。彼が英雄になったからといってその後に差別がなくなるわけではない。これは何なんだ。ミルクに抱いた問題が差別も含めた、いわば共同幻想の虚妄性として意識されていった。

こういう性格だから、時間の共有より私的に時間を過ごすのが重要だったのである。

私の絵日記

日記は個人のもので、個人によってさまざまにありうること、日記の時間にも共有される時間と個別的な時間があるということを述べてきただけだが、そういったところで、なぜ日記を書くのかという問いに対する答えになっているわけではない。この二つの時間に分けて考えることは手掛かりにはなるように思える。

一人一人にとって時間は固有のものである。日記の何年何月何日という日付のもとに書きつけるとき、その固有の時間が共有される時間に位置づけられることになる。そういってみると、共有の時間はさまざまなレベルがあることがわかる。二〇一七年という時間が最大の共有時間であり、次に平成二十八年という日本にだけ通じる時間がある。そういう時間の共有はいわば個人には外側の時間である。といっても私が三月八日生まれといったとき、外側に流れている時間に自分を位置づけることで、自己の存在を確実であるかのように思える幻想を与える。いや私は自分が生まれた時のことを記憶しているわけではないから、これは家族の時間かもしれない。前近代社会でいえば私は未年生まれというだけで月日は意味がなかった。この干支という時間軸は日本の年号より広く共有される時間である。この干支は今も活きていて、今年は戊年という。

そういう外側の時間とは異なる、共有する時間がある。先に書いた小学校は六歳の子たちが入学してから、同年齢で共有の時間をもつ。絵日記で四年の夏休みの、愛知県知多半島の母の実家に行ったことを書いている。それは私の家族の固有の時間である。実家は海の近くで毎日海に行き、泳げるようになった。その海辺を描いた絵は今でも覚えている。松と白浜、そして大きな海の明るい絵である。実景より絵を覚えている。この絵は私の海の原風景とでも呼べるものになっているのだと思う。初めて海を見たのは、四歳の夏、千葉の九十九里浜に父に兄と自転車に載せられていった時である。背の高い草を分けて行き、突然目の前にどこまでも広がる輝く海を見た。その記憶が絵日記に描いた海に重ねられているかもしれない。ただ絵から呼び起される記憶には絵に描いていない景がある。海に出るほんの手前に癩《らい》病患者の施設があった。記憶にあらわれるのは窓もない真っ黒の建物なのだ。癩病について知ったのは初めてで、崩れていく身体という恐怖を抱きながら、いつも海に向かった。絵の右端に描かれた松の外側には癩病棟があるのである。

母や兄が同じように感じたかどうかはわからない。先日兄にライ病棟のことを訊いてみたがそれほどの印象をもっていなかったらしい。この絵日記は家族の時間であるとともに、私の固有の時間である。

天皇の日記

われわれは日記といったときに個人の日記を考える。しかし古代の日記はまず天皇の日記から始まるようだ。天皇の日記といっても天皇が書いたものではない。天皇が何をしたかを記録する臣下、内記の日記である。国家の日記というか、外記の日記もある。ただしこれらは残されているわけではない。この二つのどちらといっていいかわからないが、『日本書紀』の壬申の乱を書く史料とされた、大海人皇子（後の天武天皇）の二人の舎人が書いた『安斗智徳日記』『調連淡海日記』があったとされている。

なぜ天皇の日記が書かれるのだろうか。天皇の行動が書かれることによって、天皇の時間が共有されることになるのである。それは天皇が確かにこの世に生きて生活していることを明らかにすることであり、政務を執っていることの確認である。この場合天皇が制度として存在していることが前提になっている。天皇を中心にした国家であるゆえ、天皇の存在を確かなものにすることによって、国家が存在していることになる。

もちろん文字のない国では日記を書く必要がない。国家としての共同性が観念において強固であればいいのである。したがってまず国家の共同性が強固でない状態を日記によって強固にするために書くといえる。この場合は日記が天皇、国家を作り出す働きをしている。天皇自体は日記を書く必要はない。むしろ書かない。制度としての天皇だから制度が日記を書く。それが制度が作り出した内記の書く日記である。この日記は読まれる必要もない。書いているということが保証されていればいいのである。天皇の時間が共有されているという幻想があればいい。

この天皇の時間という問題は、天皇の治世は年号によって示されることに象徴されている。この世の時間は年号によっているから、天皇がいなければ時間はないのである。そして天皇は毎年暦を発布する。この世の時間は天皇が定めている。

といって、律令制が国家を作る制度として機能し始めれば、翌年の暦が陰陽寮から天皇に奉られ、それが内外諸司に分け与えられることになる。天皇が暦を造るわけではない。他の場面でもそのように儀礼化していく。そして制度が整えられると、制度外の部分が表面化し、天皇は私的な生活をもつことがみえてくる。この私的な生活とは、人間が一人一人は顔や身体が違いながら、また心のなかに異なるものを抱きながら、一つの社会をなして生きているという根本的な矛盾の、その個別の側が価値を与えられることを意味している。

天皇自身の日記があった。宇多、醍醐、村上天皇が日記を書いたことが『扶桑略記』などから知られる。宇多天皇の寛平元年（八八九）二月六日の条が中世の『源氏物語』の注釈書である『河海抄』に引用されている。「朕閑時述猫消息曰」として、中国からもたらされ宇多の父光孝天皇に献上された黒猫に話しかけるが猫はじっと宇多をみつめ親愛の情を抱くらしいが、言葉でいうことができないと書いている。

佐藤全敏はこの日記を『宇多天皇日記』と呼び、他の漢文体の私日記と文体を比較して独特であることを述べ、さらになかでもこの猫についての叙述が特殊であり、宇多は書くことを意識して書いていると述べている（「宇多天皇の文体」倉本一宏編『日記・古記録の世界』思文閣出版、二〇一五年）。

佐藤は私日記の文体にはそれぞれ特徴、個性があることを述べるにとどまっているが、私の関心からとらえ直せば、私日記の最初がこの『宇多天皇日記』とすれば、「朕閑時」とあるように、天皇の私的な時間を書いていることにこだわりたい。われわれにとって日記とは個人のものという感じ方が強い。するとそういう日記の最初が宇多だということになる。つまり天皇によって私の時間が日記に書かれるようになったのである。

天皇は私的な存在ではないから、天皇の時間は私的なものとはいえないのが原則である。しかし制度が確立すると、天皇が日記を書くこと自体王者としての存在から外れるものであっても、個人という面からのものとしてありうる。天皇が政務を書きつつ、黒猫について書くのである。天皇の個別的な時間を書いている。もちろん天皇が好んだということから黒猫が流行するというような共同性になることはある。天皇は絶対的に私的であることはできない。

一人称の日記は宇多天皇から始まった。そして天皇が私的な時間、個別的な時間も含めて日記を書いたということ自体が日記に価値を与えていくことになるだろう。政務という公的な時間と私的な時間が等価値に並べられる日記が書かれるようになる。

さらに宇多天皇は自身が書いただけでなく日記を書くことを奨励し、蔵人所に交代で筆をとる殿上日記が始められたが、宇多は「他の儀式関係諸官司の記録機能の充実をはかった」という（松薗斉『王朝日記論』法政大学出版会、二〇〇六年）。もちろん記録を充実させるのは後に範例になるからである。

現存最古の臣下の日記に藤原忠平『貞信公記』（延喜七年〈九〇七〉。現存する最古の年を書いた。以下同じ）がある。以降藤原師輔『九暦』（天暦元年〈九四七〉）、平親信『親信卿記』（天録三年〈九七二〉）、藤原実資『小右記』（天元元年〈九七八〉）など書かれていく。これらの日記は漢文体で書かれている。書き手は摂政関白などから受領まで貴族たちの日記で、後の時代の貴族たちに政務、有職故実の前例を伝えるものとして読まれていった。

このような日記は藤原師輔が、『遺誡』において朝起きてからすべきこととして、

先づ起きて属星の名字を称すること七遍。次に鏡を取りて面を見、暦を見て日の吉凶を知る。次に楊枝を取りて西に向ひ手を洗へ。次に仏名を誦して尋常に尊重するところの神社を念ずべし。次に昨日のことを記せ事多きときは日々の中に記すべし。

次に粥を服す。

と、朝食前に日記を書くことを述べている。属星は陰陽道のその一生を支配するとされている生まれ年の星のこと。次の鏡で顔を見るのだが、これは次の暦を見て吉凶を知るのと繋がる行為で、顔色や表情でその日の自分を占うのだと思う。そして身を浄め、仏と神を拝む。その次に日記を書くのである。書くことが多いときはその日のうちに時間をみつけて書けといっている。日記を朝書くものとしているの

は、一日が終わって書くものと考えていたといっていいだろう。それも翌日の毎朝の恒例の儀式を終えて、その日にすることの前、つまり翌日の最も早い時間に書くものだった。

古代の時間意識

私は毎夜床に就く前に手帳に書いていた。その日に何ページ読書したかを書くからである。しかし床に就いてから推理小説など、文庫本で気軽に読める物語を読んでいる。それらは一冊読み終わってつけるから、一日のページとしては記録されず、一週間ごとに他に読んだものとまとめて、割り算し、一日百ページを守るようにしていた。人と付き合わねばならない場合などあり、夜遅くなれば百ページをこなせないことがあるから、次の日に余分に読むなどして帳尻を合わせていた。たぶんわれわれは夜床に就くことで一日が終わると思っている。日記を朝に書くというのは、一日は朝に終わると考えているからかもしれない。

大野晋『岩波古語辞典』の「あさ【朝】」の項は、

上代は昼を中心にした時間のいい方と、夜を中心にした時間のいい方があり、アサは昼を中心にした時間の区分の、アサ→ヒル→ユフの最初の部分の名。夜の時間区分の最終部分の名であるアシタと実際上は同じ時を指した。

という解説を載せている。「あした【朝・明日】」の項には「アシタは夜を中心にした時間区分のユフベ↓ヨヒ↓ヨナカ↓アカツキ↓アシタの最終部分の名」とある。大野説は二つの異なる一日の見方があるといっているわけではないようだ。「ゆふ【夕】」には「あさ」の説明をして「最後の部分の称」とし、「日の暮れようとする頃」とあり、「よひ【宵】」には「あした」の説明の「第二の区分」とし、「日が暮れて暗くなってからをいう」とある。昼を中心にした時間には夜は入らず、夜を中心にした時間には昼は入らない。したがって、一日が昼と夜の二つの時間に分けられていたと考えていることになる。

この考え方は、田中元『古代日本人の時間意識』（吉川弘文館、一九七五）、永藤靖『古代日本文学と時間意識』（未来社、一九七九）もとっているものである。神々の時間である夜と人々の時間である昼とを無理に一日と括る必要はないという考え方である。しかし神々によってこの世が支えられていると考えれば、神々の時間があり、それに支えられて人々の時間があると考えることもできるわけで、夜と昼とを一日と括る考え方があってもかまわないと思う。夜と昼を分けることに重点があれば二つの異なる時間があると考えただろうし、太陽が昇って沈み、また太陽が昇るまでを一日と考えるだろう。合理的に説明することはないと考えている。

その意味では、午前と午後に分けて一日に同じ時間が二つあるという考え方から、最近十三時などと一日の時間を二十四時間で示す言い方が定着しつつあるのはまさに合理的な考え方を優先させているものといえよう。一日に二つの時間とは神々の時間と人々の時間があった記憶がまだ生きていたとみられないこともないのである。

日記文学の時間と一人称

日記の時間は一日を単位として成り立っている。貴族たちの漢文体の日記は具注暦といわれる「陰陽寮の暦博士が作成し、毎年十一月朔日に奏上し内外諸司に頒たれた」（平安時代史大辞典）暦に書き込まれるものとして始まったらしい。現存最古の具注暦は神亀六年（七二九）の木簡暦という（平安時代史事典）。

本書で取り上げるのは「ひらがな体」で書かれた女の日記である。十世紀に『土佐日記』に始まり、『蜻蛉日記』『紫式部日記』『和泉式部日記』『更級日記』と書かれていった。これらのひらがな体で書かれた日記を一応日記文学として扱う。『土佐日記』は紀貫之が書いたとされているが、女が書くというスタイルをとっているので、この流れのなかに入れる。この『土佐日記』は具注暦に書いたように毎日書いているスタイルをとっている。しかし『蜻蛉日記』以下は日付によって書かれるのではなく、書き手が選んだ日のことを書いている。この時間を書き手の固有の時間と呼べば、いわば私的な、内的な時間になる。これは文学と呼んでいいものといえる。

それだけではない。日記はいつ始まってもいいし、いつ終わってもいいものである。書き手のまったく恣意的なものなのだ。そして書くことは日々に違ってくるし、一日においてもさまざまなことが書かれ、脈絡なく連ねられてもいい。文学と呼べるには、こういうテーマで時間を切り取るというような限定が必要である。しかもそのテーマ、あるいは時間の切り取り方は書き手の意思によるものであり、書き手が表面に出るものであった。つまり書き手が一人称で登場するものとなる。

2　一人称の成立

われわれは一人称で書くのに慣れている。しかし一人称の文体があるからそうできるのである。先の『宇多天皇日記』は「朕閑時」と天皇の一人称を示す「朕」が主語であるから、これは一人称の文である。漢文体の移入によって、漢文体では一人称で書くことができた。しかし「ひらがな体」の散文では一人称の成立は日記によって始められた。

口語を書く

新しい文体を獲得するのに時間がかかることは、たとえば口語体で書くことの歴史をみればよくわかる。

五日の朝八時頃の事、最寄警察署の刑事巡査詰所に二人の探偵打語らえり。一人は年四十頃、デップリと太りて、顔には絶えず笑《えみ》を含めり。此笑見る人に由りて評《うわさ》を異にし愛嬌ある顔と褒めるも有り、人を茶かした顔と貶《そし》るも有り。（中略）。今一人は年二十五、六、小作りにして、如才なき顔附なり。白き棒縞の単物、金巾《かなきん》のヘコ帯、何う見ても一個の書生なれど《ど》、茲《ここ》に詰居る所を見れば、此頃谷間田の下役に拝命せし者なる可《べ》し。此男、テーブル越《ごし》に、谷間田の顔を見上げて、「実に不思議だ。何う云う訳で、誰に殺されたか少しも手掛かりが無い」。谷間田は例の茶かし顔にて、「ナニ手掛かりは有るけれど、君の目には入らぬのだ。何しろ東京の内で何家にか一人足らぬ人が出来たのだから、分からぬと云う筈は無い。早い譬《たと》えが戸籍帳を借りて来て、一人一人調べて廻れば何所にか一人不足して居るのが、殺された男先《ま》斯《こ》う云う様な者サ。大鞆君、君は是が初めての事件だから、充分働いて見る可しだ。斯う云う六《むず》ケしい事件を引受けねば昇等は出来ないぜ。」

明治二十二年に刊行された黒岩涙香『無残』の書き出しに近い部分である。日本における探偵小説の始めとされている。原文には句読点はないが、読みやすくするために補った。一読して、地の文はいわゆる文語体だが、会話文は口語体だとわかる。このスタイルは江戸期の黄表紙などに共通する文体で、口語体への展開を予想させる。さらに狂言もこの文体で書かれている。会話はそのまま書けば口語体になるが、地の文では文語体になる。

さらに江戸初期の『おあむ物語』は、

子どもあつまりて、「おあん様、昔物語なされませ」といへば、「おれが親父は山田去暦というて、石田治部少輔殿に奉公し、近江の彦根に居られたが、その後、治部殿御謀反の時、美濃の国大垣の城へこもりて、我々みなな一所に、御城にゐておじゃったが、不思議なことがおじゃった。」

というように、書き出しの「子どもあつまりて」が地の文で、後はおあんの話を書き留めたように書かれている。ほとんど口語体といっていい文体で、これも話す文体である。

このように、話すのは口語で書けたが、地の文は文語になった。そういうスタイルで書くものだったとしていいが、口語で地の文を書く文体がなかったということであり、口語で書けなかったといっていい。文体とは文を作るための様式である。

この『おあむ物語』に、おあん自身が自分を「おれ」、自分たちを「我々」といっているように、会話文では一人称が書けた。しかし同じように、一人称で書く文体はなかなか登場しなかった。この問題は『土佐日記』によくあらわれているから、『土佐日記』のところで詳述する。

それ以前一人称の文体はあったのだろうか。現存最古の『古事記』は漢文体で書かれているが、歌は一字一音で和文をうつしており、そこには一人称がある。

意岐都登理　加毛度久斯麻迩　和我韋泥斯　伊毛波和須礼士　余能許登碁登迩

沖つ鳥　鴨着く島に　我がゐ寝し　妹は忘れじ　世のことごとに　（神代）

私が共寝したいとしい人は忘れまい、と一人称の主語がある。この場面は海神の宮で娘の豊玉姫と通じ、地上に連れ帰ったヒコホホデミ（山幸彦）が、見てはいけないといわれたにもかかわらず、産屋を覗き、ワニの姿で出産したさまを見てしまい、豊玉姫は海神の宮に帰るが、妹の玉依姫に託して歌を送ってくる。その返しの歌である。つまり物語を進行させる漢文体の地の文に対して、登場人物の心が和文体の歌で書かれるという関係になっている。この関係は、歌こそが古くから伝承されてきたものであり、散文部は変化していく可能性があることを示している（古橋『神話・物語の文芸史』ぺりかん社、一九九二年）。いわば伝承の核には歌があるのである。この問題は石川久美子が『歌の語る歴史』（武蔵大学平成二十六年度博士論文）で『古事記』の語る歴史を歌を中心に据えることで明らかにしている。

そしてまたこの構造は『無残』『おあん物語』も同じである。

神謡の一人称

歌は神々の行動や言葉をうつすものとして始まった。この歌は音楽性や演劇性を未分化に含むものであったから、私は文学の母胎という面から神謡と呼んでいる（古橋『古代和歌の発生』東京大学出版会、一九八八年）。いわゆる神話は実際には神謡としてうたわれていたのである。

人称という点から『古事記』神代の歌謡を引いてみる。

八千矛《やちほこ》の　神の命《みこと》は　八島国　妻枕《ま》きかねて　遠遠《とほとほ》し　越の国に　賢《さか》し女《め》を　ありと聞こして　麗《くは》し女を　ありと聞こして　さ婚《よば》ひに　あり立たし　婚ひに　あり通はせ　太刀が緒も　いまだ解かずて　襲《おすひ》をも　いまだ解かね　をとめの　寝《な》すや板戸を　押そぶらひ　わが立たせれば　引こづらひ　わが立たせれば　青山に　鵺《ぬえ》は鳴きぬ　さ野つ鳥　雉《きぎし》はと響む　庭つ鳥　鶏《かけ》は鳴く　うれたく

も　鳴くなる鳥か　この鳥も　うち止めこせね　いしたふや　天駈《あまは》せ使　ことの語り言《ごと》も　こをば

出雲の八千矛の神が越の国の沼河姫に求婚する「神語《かむがたり》」とされる五首の歌謡の一首目である。一応「八千矛の　神の命は」と三人称で歌い出され、「わが立たせれば」といわゆる一人称に転換していると説明できる。歌い手が神を提示し、その神の側から歌うといえる。そして「ありと聞かして」「わが立たせれば」など動作に敬語が付されるようになり、自称敬語とされるしかし一人称で自分に尊敬語をつけるのは矛盾と捉えるべきではないか。まずは一人称、敬語という概念が誤っているとみるべきなのだ。この矛盾を解決するには一人称も敬語も神々の行為、動作を示すものとして始まったと考えるほかない。「さ婚ひ」と「婚ひ」にいわゆる接頭語サがついているのも、神の行為をあらわす。いわゆる接頭語は神聖なもの、その状態をあらわすためにつけられる（『古代和歌の発生』）。

人称は近代の文章を分析する概念だから、そこから考えずに、このように混同していくことそのものを受け止める必要がある。八千矛の「神語」謡は三人称で歌い始めながら、神自身の一人称の語りになっている。敬語は動作主体が神であることを示すものと述べたが、おなじように、「わ」というのは神であることを示す語ではないかと考えてみることはできる。するといわゆる一人称は動作主体が神であることを示す言い方といえるだろう。考えてみれば、共同体の人々が語る必要があるのは神々か神とみなしてもいい先祖や英雄たちである。なぜならかれらのしてきた営為こそが共同体を成り立たせ、支えているからである。共同体の一成員が「我」ということに価値があるはずはないのだ。それが意味を持つことがあるとすれば、その人が共同体に何かをもたらす時である。その場合の「我」は共同体が憑依した「我」だからいわゆる一人称とはいえない。

神とは何かということを説明しておけば、たとえば共同体を造った始まりの先祖、農耕を始めて共同体の食糧事情を豊かにした先祖、そして共同体を取り巻いている不可思議な自然の運行をもたらしている畏怖すべきものなどである。自然のものも共同体の全員が畏怖すべきものと感じ、考えていなければ神とはいえない。それは共同体の成員全員の幻想である。

そういう神々を語る際に相応しい表現をもとうとした。それが文学の発生でもある。それは規範となって、受け継がれ、文体をなしていった。そしてその規範としての文体が、たとえば共同体をまとめている人に使われるようになり、敬語となっていく。

よりわかりやすい説明として、神下しをして、神の意志を聞くという祭式の場を想定して、神の意志は神の言葉で示されるから、神下しが三人称で語られ、神の意志が一人称として語られるとされる。これも誤りではないが、基本的な見方は先に述べたものでなければならない。

後の語り物類は、語り手が登場人物に自己移入して語るから、神謡と近い型になる。というより、八千矛の神謡のような神話を元にして物語は始まるのである。物語文学はこの神謡の様式を受け継いで物語の叙述として語り、また登場人物の心をしばしばやはり神謡を受け継いだ歌によって語ることが可能になった。『竹取物語』や『落窪物語』などの文体が基本的にそうだ。

万葉集の「我」

佐佐木幸綱によれば、歌集で一人称の「我」が最も多いのは『万葉集』という（『万葉の〈われ〉』角川選書、二〇〇七年）。それが近代に『万葉集』が評価された大きな理由の一つというのである。

『万葉集』は確かに「我」が多いが、神謡から位置づければ、歌は神の言葉や行動を表現するものだから、詠み手が神に転位して詠んでいるのである。歌という様式によって表現するとはそういうことだった。『万葉集』の頃、五七五七七の短歌体が確立するが、詠み手の心はこの定型によってこそ表現され、理解されるという信仰とでもいいうる絶対化がなければならない。つまり歌の様式が絶対化されたのである。それゆえ千年以上にわたって短歌形式が続いた。日本語の詩はこの定型に呪縛され続けた。

平安期、貴族社会では和歌は生活と深くかかわって詠まれた。貴族たちはいわばわがままに和歌を利用した。自分たちは選ばれた存在であるからである。このわがままが和歌の領域を拡げ、詩としての自覚ももたらすことになったのである。もちろんわがままといっても、神謡以来の様式を守り、和歌として成立して以来の様式は守った。それが貴族であることでもあったからである。

手紙の一人称

かなで書くものとして手紙がある。手紙は一人称がしばしばあらわれる。久曽神昇『平安時代仮名書状の研究』（増補改訂版。風間書房、一九九二年）によれば、「正倉院文書」の「真仮名文書二」にあげられている天平宝字六年（七六二）正月頃の文書が一人称のみえる最初の例になる。

和可夜之奈比乃可波利爾波、於保末之末須美奈美乃末知奈流奴乎宇気与止、於保止己可都可佐乃比止伊布。

我が養ひの代りには、大坐ます南の町なる奴を受けよと、おほとこが司の人言ふ。

久曽神は「奴」は奴隷、「おほとこの司」は「大徳（高僧）の政所」とし、「奴隷に関する文書」と解している。「我が養ひの代りには、大坐ます南の町なる奴を受けよ」は会話文だから地の文としての一人称の叙述とはいえないが、命令の文書にそうあることを記していると思われる。

同じ久曽神『平安時代仮名書状の研究』が「虚空蔵菩薩念誦次第紙背文書」としてあげている、十世紀後半の書状を引いてみる。

おぼつかなきまでに、きこえ□□□ざりけるかしこまりになん、（一行不明）れいのおほむかはり□□□□にとてなむ。かくかならずなほ□おもひたまふるこころにてなむ、かつえさふらはぬが、いともくちを□きことをなむおもひたまふ□。このさいぐのすけだにもさ□らひたぶなり。そひついて□。このちまきはいとすくなけ□□、まづとらしまさむとて。

久曽神に従い、□部分を補い、さらに漢字をあてて読みやすくすると、おぼつかなきまでに、聞こえ侍らざりけるかしこまりになん、(一行不明) 例の御代り聞こえだにとてなむ。かく必ずなほと思ひ給ふる心にてなむ、かつえ候はぬが、いとも口惜しきことをなむ思ひ給ふる。この斎宮のすけだにも候ひたぶなり。そひついてぞ。この粽はいと少なけれどまづとらしまさむとて。

となる。池上僧都(宇多天皇の皇子敦固親王の子寛如)が斎宮(村上天皇第六皇女楽子内親王)に送った手紙とする。内容は長いことご無沙汰したことの謝辞、「例の御代り」が何の交代かわからないが、自分の意志でなかなかうまくいかないことを述べ、粽を差し上げると申し出ている。

一人称をさす語はないが、「この斎宮のすけだにも候ひたぶなり」以外はすべて書き手の思い、行為を書いていて、手紙らしい文章である。一人称で書いているが、それを示す語はないのである。しかもこの書状には漢字がない。ここからも漢字とひらがなが対立的であったことがいえそうである。これはほとんど「ひらがな体」といっていい。正倉院文書の真仮名文書も、意味としての漢字は、「奴」を除けば、使われていない。

この手紙は十世紀後半の、『土佐日記』が書かれた数十年後のものである。

神謡の神を指す「我」に始まり、神謡の様式を受け継いだ歌においてうたい手の一人称をあらわすことになっていった流れとこの手紙の「われ」が直接結びつくのではないだろう。たぶん漢文の習熟のなかで文章上の「我」が成立していき、和文としての仮名文にもちこまれ、「ひらがな体」を成立させたと思われる。といって、基本的に「我」は書かれない。

3　ひらがな体の成立

日記文学はひらがな体で書かれている。

「ひらがな体」は漢字のくずし字である草書体をさらに続けて書く連綿体と深くかかわって、ひらがなで和歌や散文を書く文体として発達していった。つまり美的な書でありかつ文体として成立していったのである（古橋『日本文学の流れ』）。漢文体が「男手」と呼ばれるのに対し、「女手」と呼ばれた。

（藤原仲忠が若君のために送ってきた手習いの手本を藤壺が）見たまへば、黄ばみたる色紙に書きて山吹につけたるは真《ま》の手、春の詩。青き色紙に書きて松につけたるは草《さう》にて、夏の詩。赤き色紙に書きて卯の花につけたるは仮名。初めには男にてもあらず、女にてもあらず、あめつちぞ。その次に、男手放ち書きに書きて、同じ文字をさまざまに変へて書けり。

　わが書きて春に伝ふる水茎もすみかはりてや見えむとすらむ

女手にて、

　まだ知らぬ紅葉とまどふうとからめ千鳥の跡もとまらざりけり

さしつぎに、

飛ぶ鳥に跡あるものと知らすれば雲路は深くふみ通ひけむ
次に片仮名、
いにしへも今行くさきも道々に思ふ心あり忘るなよ君
葦手、
底清くすむとも見えで行く水の袖にも目にも絶えずもあるかな
と、いと大きに書きて、一巻にしたり。
（『うつほ物語』「国譲上」）

手習いの手本としてすべての書体があるので引いた。「真の手」は漢字の楷書体、「草」は草書体、「男にてもあらず、女にてもあらず、あめつちぞ」は「あめつち」は仮名全四十七字を含む手習いの「あめ、つち、ほし、そら、やま、かは、みね、たに、くも、きり、むろ、こけ、ひと、いぬ、うへ、すゑ、ゆわ、さる、おふせよ、えのえを、なれゐて」のことで、漢字でも平仮名でもなくというのはよくわからないが、「それらの中間的な書体」（新全集頭注）という。「男手」で和歌を書いたとあるので、これは漢字の音と訓で書く万葉仮名だろう。「女手」は平仮名。「さしつぎ」は連綿体のことか（新全集頭注）。「葦手」は「水辺の葦のさまを描いた絵に似せて書いた、装飾文字」（新全集頭注）。
実際に書く場合の文字の種類が並べられているが、これは『うつほ物語』が書かれた十世紀後半にはそれだけ書く文化が定着していることを示している。十世紀は現存するものだけで、延喜五年（九〇五）の『古今和歌集』から始まり、『後撰和歌集』『竹取物語』『土佐日記』『大和物語』『多武峰少将物語』

『蜻蛉日記』『落窪物語』『うつほ物語』と、ひらがな体の歌集、物語、日記などが次々書かれていった世紀だった。『蜻蛉日記』序には「世中に多かる古物語」と物語が多くあったことが記されている。いわゆる散逸物語も多くあったのである。『多武峰少将物語』は『高光日記』とする本も伝えられており、物語と日記の共通性が知られるが、この物語は話の展開にかかわって書簡が多く含まれている。したがって日記、物語、書簡、そしてこれらすべてに和歌が含まれているから、和歌とひらがなで書かれた散文全体を「ひらがな体」と呼んでみたいと思っている。

このひらがな体は「女手」と呼ばれ、「男手」と対になっていた。「男手」は漢字、漢文体である。律令など正式な文書は漢文体で書かれたから、対のひらがな体は基本的に私的な文書に使われたといっていい。この私的といっているレベルを共同性に対する個別性と言い換えてみよう。漢文体は中国から取り入れたものだが、律令制という制度自体、当時の世界における国家を造る方法だった。中国周辺の地域は律令制によって国家を造り、漢文体によって律令などの文書を書いた。したがって漢文体は世界共通の文体であった。その意味で漢文体で書くことは世界性をもつことになる。それに対し、ひらがな体は日本という地域の国家にだけ通じる個別的なものといえる。このように、個別性は世界に対する地域性を意味する場合もあれば、貴族階級に対する一人の貴族を意味する場合もある。

この地域の個別性は律令制という国家的な公的な漢文体に対し、私的な領域を担う「ひらがな体」を生み出すことになった。嵯峨、淳和天皇時代に勅撰集として三漢詩集が編まれたのに対し、醍醐天皇の時代に勅撰集としてひらがな体の和歌集が編まれることになった。

君唱臣和から君臣唱和へ

勅撰として漢詩集が編まれることになったのは、最初の『凌雲集』（八一四年）の序に、

臣下岑守言さく、魏文帝曰へることあり、文章は経国の大業、不朽の盛事なり。年寿は時として尽くることあり、栄楽はその身に止まる。信なるかな。

と示されている。「岑守」は小野岑守で、序文を上表した。『文選』巻五十四の、「蓋文章経国之大業、不朽盛事、年寿有時而尽、栄楽止乎其身。二者必至之常期、未若文章之無窮」という魏の文帝の言による。小島憲之『国風暗黒時代中（中）』（塙書房、一九七九年）によれば、「文章」は狭義の文学で、「経国の大業」は「国を治める偉大な事業」である。だから序は天皇を始め臣下の優れた詩を集めたという。いうならば天皇を中心として貴族たちに詩を勧めていることになる。優れた詩が詠まれる国は善政が敷かれているということでもある。

さらに『懐風藻』序の「風を整へ俗を化《すす》むることは、文より尚《たふと》きこと莫《な》く、徳を潤《ぬ》らし身を光《て》らすことは、孰《いづれ》か学より先にならむ」を重ねれば、文学が国を治めるのに必要なことがはっきりするだろう。文学はまず民を化するものであり、国家に必要なものだったのである。そういう理念を表明するために勅撰集が編まれた。

なぜ詩を詠むのかという問題はさらに『文華秀麗集』（八一八年）の序によく示されている。それが

「君唱臣和」という理念である。最も優れた詩を詠む天皇が唱し、それに臣下が和す、すなわち君が心をあらわすと臣下はそれに合わせることによって君臣一体の状態がもたらされ、国がよく治まるという考え方である。「君唱臣和」によってもたらされた君臣一体に基づき、臣下が直接民に接し、天子の心を伝えるのである。

初めての勅撰和歌集『古今和歌集』もこの漢詩集の理念によって編まれた。勅撰集をわれわれの考える文学とだけみるのは誤っている。なぜ勅撰集なのかはまず政治的な問題なのである。

しかし『古今和歌集』仮名序は漢詩集の序とは異なる理念をもっている。「君唱臣和」ではないのだ。

古《いにしへ》より、かく伝はるうちにも、平城の御時よりぞ、広まりにける。かの御世や、歌の心を知ろしめしたりけむ。かの御時に正三位柿本人麿なむ、歌の聖なりける。これは君も人も身を合せたりといふなるべし。秋の夕べ、竜田川に流るる紅葉をば、帝の御目に錦と見給ひ、春の朝、吉野山の桜は、人麿が心には雪かとのみなむ覚えける。

平城天皇といえば桓武天皇の子だが、柿本人麿と同時代ではない。そこで平城の天皇とは誰かが平安時代から問題になり、聖武天皇説が有力だが、私は平城天皇でいいと考えている（古橋『柿本人麻呂』ミネルヴァ書房、二〇一五年）。人麿を正三位とするのもおかしいわけだが、このおかしいという発想はいわゆる事実としての歴史に依拠している。私はむしろこういう伝承があったと考えている。伝承も真実を語るという考え方もないではないが、それも事実と合う部分だけ取り出していっている。歴史を絶対化しているのである。私は伝承されているものはその伝承している社会の真実を伝えていると考えている。文学はこういう伝承と密接に関係しつつ存在していた。物語文学も真実を伝えるものではないか。

仮名序のこの部分は漢詩集の「君唱臣和」に当たるが、天皇が秋の紅葉を錦と見ることと人麿が春の桜を雪と見ることが並列され、等価になっている。人麿が見立てたことは天皇もそう見たはずである。つまり「君臣唱和」になっているのである（古橋「天皇の言葉と和歌」『天皇と王権を考える9』岩波書店、二〇〇三年）。この「君唱臣和」から「君臣唱和」への変化が漢詩集から和歌集へという文学史の流れを象徴している。

しかしこれは序で勅撰集が編まれる理念を語っているのであって、実作とは異なる勅撰漢詩集にはしばしば天皇の詩に和すという題詞があるが、和歌集にはほとんどない。だいたい天皇の歌自体が少ない。天皇が中心という発想がないのである。和歌によって天皇と一体になる、心を一つにするというような発想はなかったのだ。歌は心を表現するものであり、神々とも意思を疎通させることのできるものだった。といって、和歌が勅撰集として編まれるのは政治的なものであることは動かない。勅撰和歌集が編まれるには意図が必要なのだ。

ひらがな体の確立へ

平安初期の九世紀前半漢詩の理念によって国家事業として勅撰詩集が編まれ、それを受け継いで十世紀初め勅撰和歌集が編まれたが、それは国風文化の興隆という役割も担ってのことだった。宇多天皇がその和歌の興隆に力あったことが川尻秋生『揺れ動く貴族社会』（小学館、二〇〇八年）に指摘されている。川尻はいわば強制的に和歌を詠ませたことを論じ、古今集編纂も宇多の力が大きかったとを述べる。ただ川尻は宇多個人の力を強調し過ぎている。社会が求めているものに個人が方向を与えることはできるが、個人が社会の求めている方向を作り出すことはできない。正確にはこういうべきなのだ。宇多の社会へ向かう心が和歌を重んじる方向を示した、と。共同体に向かう心は個人自身に向かう心とは異なっている。九世紀後半に国風文化を求める方向が前面に出てきていた。それがひらがな体であり、和歌だったのである。平安京遷都後のそのような動きは漢風の文化を濃く出すことと一体のものだった。その反動ともいえようが、九世紀半ば過ぎ以降、和風の文化が重んじられていく。つまり律令体制は現実に合わせ変質することでより現実的になっていったことと和風の文化が重んじられることとは切り離せない関係にあったのである。そういうなかで和歌は漢文体という普遍性、世界性に対する個別性、地域性の中心になっていった。それには、古事記や日本書紀の漢文体のなかにも歌が和語一音に漢字一字で表記するいわば万葉仮名として和文体で書かれてきたことがあっただろう。歌を受け継ぐ和歌は和語、和文体を象徴するものとしてあった。

そういう和歌が集められ勅撰集として『古今和歌集』が編まれた。十世紀に和歌を中心にして「ひらがな体」は一気に花開くことになる。しかし文体は容易に成り立つものではない。十世紀はさまざまな試みがなされ、「ひらがな体」の文体が文学体として確立していく時期であった。『万葉集』巻十六の歌物語的な題詞や左注を受け継ぐ歌物語の『伊勢物語』、さらに『大和物語』、作り物語の『竹取物語』、書簡体を取り込んだ『多武峰少将物語』（『高光日記』）、そして『土佐日記』から『蜻蛉日記』と、次々に書かれていった。いわゆる私家集の『伊勢集』も物語的なものも含んでいる。

4　古典の読みの方法

日記文学というジャンル

たとえば、「延喜十三年三月十三日亭子院歌合」の序文が「ひらがな体」で書かれていても、われわれはそれを日記とはいわない。ある日の記録はその日だけのものであり、日記は日時の元に書き継がれていくものをいう。本書における日記の基本的な意味である。

日記文学の定義は難しい。鈴木貞美は『「日記」と「随筆」』（臨川書店、二〇一六年）において、日記文学というような見方は近代のもので、古代では日記文学と考えていたわけではないと述べている。確かに鈴木のいうように、文学という概念自体が近代におけるもので、それをそのまま古代に当てはめることはできない。

鈴木貞美『日記で読む日本文化史』（平凡社新書、二〇一六年）によれば、「日記文学」という括り方は、明治後期に西欧のイッヒ・ロマンの受容によって始まった「私小説」「心境小説」の隆盛を背景になされたものという。私は『日本文学の流れ』（岩波書店、二〇一〇年）では従来のジャンルごとに作品を分けて、それぞれの流れを考えていった。ジャンルをとっぱらって文学史を叙述しようとすると、従来の文学史のように、時代ごとに区切り、その時代の特徴を述べ、作品が並べられることになり、文学史の流れがみえない。私は「文体」と「時代の関心」という二本の柱を据えて、どのように文体が変わっていったか、そして時代に共通する「時代の関心」を導き、時代による違いを語ることで変化もわかるように試みた。その「文体」は『和泉式部日記』と『和泉式部物語』という呼び方が平行してあるように、曖昧で、それゆえ「ひらがな体」という言い方でジャンルを超える文体を示したが、和歌と物語は違うし、随筆と日記は違うところがあり、通して整理する際、従来のジャンルに従うほうがわかりやすいと考えた。

それだけではない。「ひらがな体」の日記文学の始まりである『土佐日記』には、序に、

男もすなる日記といふものを女もしてみむとてするなり。それの年の十二月二十一日の戌の刻に門出す。そのよし、いささかものに書きつく。

と、「日記」を書くことが宣言されている。次の『蜻蛉日記』も、「日記」を書くことを宣言している。つまり意識的に「日記」を書こうとしているのである。「日記」を書こうという意図がある以上、私は日記文学をジャンルとして認めたいと考えている。ただし文体は「ひらがな体」と呼べる括りのなかに入れられるものであり、物語と日記は近接しているようにジャンル自体を曖昧に考えている。

なによりも『土佐日記』『蜻蛉日記』『紫式部日記』『和泉式部日記』『更級日記』と続く「日記文学」は、第一章で述べるように、展開が追え、しかも展開を考えることが「ひらがな体」の文学の展開を分かりやすくみせており、「日記文学」と立てることが平安期の文学を考えるうえで意味があるといえる。

さらに『土佐日記』の序は「女もしてみんとてするなり」と、女である自分もしてみようと、一人称で書くことを明瞭に示している。先に述べた公的な漢文体に対して、「ひらがな体」は私的な側から書くという文体ということと合わせ、この一人称で書くという、新しい文体を明確にした。歌は一人称で詠むものが多い。「ひらがな体」の代表は和歌であった。「日記文学」は散文に一人称をもたらしたのである。

古典の読みの方法

この問題は古典の読みに深く関係している。私は文学史を知りたくて万葉集を読み始め、われわれの読みが通じないことに出会った。たとえば類歌、類想だらけの万葉集の歌をどのように読んだらいいのか、と惑った。一般的に万葉集の歌はこちらの読みが通ずる歌だけ選ばれて評価されている。基本は作家の固有性の表現という見方である。万葉集は集団に埋没していた個があらわれ、文学としての歌の作者となったというのである。固有性は一回性という評価をもたらした。類歌は文学的に低いものとされたわけだ。私はむしろ類歌、類想こそが古代の歌の古代らしさとみるべきではないかと考えるようになった。もし固有性に重点を置くなら、五七五七七の定型を破ろうとする試みがあってもいい。

私は古代的な観念や感受性から歌をみる方法を探ることになったのである。しかし言語の働きとして、古代に固有の面と古代を超える面の両方があると考え、二重の読みが必要と考えた（古橋『古代和歌の発生』東京大学出版会、一九八八年）。われわれはその時代や社会を超える面で読んでいるにすぎない。古典を読むには、その社会や時代の観念を知る必要があり、そういうなかで歌なら歌の役割、表現のあり方を理解していかねばならないのである。なによりも文化は歴史的なものに過ぎないのである。

ということは、われわれの言語の働きをみる見方も歴史的なものとしなければならない。ただわれわれの社会はあらゆる学や知、思想を見渡す立場をもちうるという歴史性のなかにいる。そこからみる普遍性はかつてのキリスト教の世界観をも宗教として相対化するものだし、資本主義も、自由主義も、民主主義も歴史的なものとして相対化できる。もちろんそれも歴史的なもので、別の普遍性がありうるだろう。その意味で、われわれの評価もまたいずれ相対化されるに違いない。それでも今の時点での読みをしてみる以外ない。したがって古代という歴史や社会のなかにおける読みと、今の普遍性からの読みと二重の読みをしなければならないのである。

一つだけ最近『大和物語』の注釈をしている時の例を挙げておこう。九十段を担当した武蔵大学博士前期課程の小橋龍人君が、

高くとも何にかはせむ呉竹《くれたけ》の一夜《ひとよ》二夜《ふたよ》のあだのふしをば

の「一夜二夜」をいわゆる結婚式は三日の餅と呼ばれ、三晩通って成立するから、その三夜に満たない共寝は「あだのふし（徒の臥）」だと解した。現代にも通じる言葉の意味は一夜二夜くらい寝たからといって大きな顔をするなでいいのだが、そこに三日の餅という平安期のいわゆる結婚式を考えれば、三日通って信頼できる関係になるという読みが投影されているとみるべきだろう。この安定した対の関係は男が「住む」と表現されてしばしばみえる。

歴史学と文学

たとえば平安期の結婚は一夫多妻制といっていい。それをわからないで和歌や物語を読むと、近代社会におけるように、恋愛が固有性として読まれる。男は成人式を過ぎれば妻をもつ。しかししばしば他の女とも通じ、後に詳述するが、『蜻蛉日記』でいえば、藤原兼家が藤原倫寧の娘（道綱の母）に求婚し、正式な結婚である三日の餅を行い、つまり三晩続けて訪れてから後は三、四日おき、そしてしだいに日数が空くようになる。『蜻蛉日記』が兼家との関係を中心において書き、しかも来ない夜を数えて書いているおかげで、妾にあたる女の元へどのくらいの日数ごとに男が訪れるかなどが具体的に知られる。これはこの時代の結婚の具体的なようすである。そういうなかで歌に多くみられる待つ女という像ができる。

しかもこの待つ女という像は、天の男神が地上の女の元へ訪れ、神の子をもうけるという神話と繋がっている。いわゆる女方通い婚や招婿婚の起源は三輪山神婚神話なのである（古橋『古代の恋愛生活』）。

この結婚は地上に神の子が多くもたらされることになるから、この世は神の世に近く、すばらしいものになるという幻想によっている。身分制社会は神々を中心に置いた社会なのである。それが歴史的な状況のなかで、貴族たちは子を必要とし、複数の女たちと結婚をしたのである。したがって待つ女という像は歴史的なものである。

歴史学ではこの結婚の制度を思考の対象にするが、幻想の領域は対象にされない。いわゆる史実に基づくことを絶対化しているのである。

文学研究においても、この神話に起源をもち、様式化された歌の表現を、結婚の制度、そして事実の側に理由を求めるだけで、待つという言い方が神を称えるものでもあることは触れられることはない。そして待つ女という像を「女歌」という言い方で、表現の様式として捉えてすませている。

ついでにいえば、この「待つ女」の歴史性は普遍性の側を明確にすることで説明しうる。私は吉本隆明『共同幻想論』を、共同体（社会）に向かう心、対（男女の一方がもう一方、友人でも二人の関係における一方の一方に）向かう心、自分自身に向かう心という三方向の心と読み替え、この三方向の心は誰でもがもっているものと考えるようになった。その対に向かう心という原理から考えれば、男と女という異なる性は対立的でもあるから、さまざまな軋轢をもつことになる。一方的に待つ状態になるのは、この性の対立が女に負としてあらわれるのが平安期の歴史性として考えられることになる。

第一章　日記文学の成立――土佐日記

日記文学と呼べるものは平安期に成立し、展開していく。本章は平安期の最初の「ひらがな体」の日記である『土佐日記』を据えて、日記文学の成立を考えてみたい。

1　日記文学の成立

たとえば、「延喜十三年三月十三日亭子院歌合」の序文が「ひらがな体」で書かれていても、それを日記とはいわないことにする。ある日の記録はその日だけのものであり、日記は日時の元に書き継がれていくものをいう。本書における日記の基本的な意味である。

日記文学の定義は難しい。ひらがな体で書かれた最初の日記は『土佐日記』だが、これは任地の土佐から京の自宅に帰るまでの船旅の毎日を書いたもので、紀行文といってもいいが、日記として書いているので、一応日記文学といってもいいだろう。この文学という言い方はきわめて曖昧なものである。たとえば藤原実資『小右記』は日記文学とはいえないだろう。毎日のできごと、それも政務を書くことを基本としたもので、自分の感想も書いているが、記録するために書いている。すると書く動機、何のために書くかが文学かどうかを分ける指標になるのだろうか。『土佐日記』の書く動機は何だろうか。『小右記』は政務や行事の記録でもあるから、後に有職故実的に、宮廷の行事などの手引書的に使われたが、『土佐日記』はそういうように使うことなどできないのだろうか。

『土佐日記』には序文といえるものがあり、

男もすなる日記といふものを女もしてみむとてするなり。それの年の十二月二十一日の戌の刻に門出す。そのよし、いささかものに書きつく。

とある。男が書く日記というものを女もしてみようと思って書くのであるというのだが、これは女は普通書かない日記を書くことをしてみようというだけなら漢文体で書けばいいわけで、女の文体である「ひらがな体」で、日記を書くために書いたというのである。目的、動機はひらがな体で日記を書くことである。書くために書く、これは文学的営為であるといっていい。それゆえ『土佐日記』は日記文学と呼んでもいいことにしておこう。

たとえば長谷川正春は京で生まれ土佐で亡くなった幼女の死に対する親の悲嘆の情が繰り返されており、「作品世界の主調低音になっている」としており、「都から土佐への旅が喪失の時間であったとすれば、まさに土佐から都への旅は〈失われた時〉を回復せんと希求する旅であったはずである」と意味づけしている（新日本古典文学大系『土佐日記』解説。岩波書店、一九八九年）。

長谷川は早く『紀貫之論』（有精堂、一九八四年）でも同じような主張をしており、いわゆる文学としてみるときの中心のテーマとしている。確かに土佐の大津出航から「京にて生まれたりし女子、国にてにはかに失せにしかば」と亡くなった幼児を思い起こし、途中でもしばしば思い出し、京の家に着いた最後の場面もこの子のことを思うことで書き終わっており、この日記全体を覆っている。しかし失くした幼児への想いは、たとえば女童が都への想いを歌にした時、「童のついでにぞ、また昔へ人を思ひ出でて、いづれの時にか忘るる」とあるものの、そういう場面以外、日常と異なる旅をむしろ楽しんでいる雰囲気がある。このテーマが主要なものとは思えない。とはいえ後に述べるが、旅をどう書くかの設定の一つにこの亡くなった幼児への嘆きがあるように思える。

つまり京で生まれ土佐で亡くなった幼児が実際いたかどうかというより、都の人が京へ帰る旅を書く際の任地への想いとして書かれているといえそうである。虚構として書かれている可能性がある。その意味でも、作者が紀貫之とすれば、この女が書くというところに、書き手を女に設定した虚構と通じている。虚構性はことばの連なりであり具体性ももたないという面で言語の本質に依拠した、事実ではなく真実をよく伝えるために文学が方法とするものである。

日記を女が書くという設定は、男の日記が漢文体で書かれるのに対し、「ひらがな体」で書くことである。たぶん貫之はひらがな体で書くことに意味を見出していた。それはどのような意味だろうか。

京の家に帰った場面である。

家に至りて、門に入るに、月明ければ、いとよくありさま見ゆ。聞きしよりもまして、いうかひなくぞ毀れ破れたる。家に預けたりつる人の心も荒れたるなりけり。中垣こそあれ、一つ家のやうなれば、望みて預かれるなり。さるは、便りごとに物も絶へず得させたり。今宵「かかること」と声高にものも言はせず。いと辛く見ゆれど、志はせむとす。

隣の人が留守宅の面倒をみようと自分からいってきたので、ことあるごとに心づけをおくってきたが、ひどく荒れていた。これはひどいなどと声高にいって隣人に聞こえてもまずいというので、制し、お礼のお土産などを渡したという。お世話になりましたとお礼はいうが、心では嫌な奴と思っているのである。この個人の心の側から書くことがひらがな体によって貫之が書こうとしたことではないか。この心は隣人には隠されている私的な想いである。隣人に隠されているということは、一応他の人にも隠されているといっていい。このような私的な想いはひらがな体でこそ書くことが可能だったのである。『土佐日記』によって、「ひらがな体」が女の文体ということの意味が明確化された。『土佐日記』は日記文学の最初の作品にふさわしい。

漢文体――公的⟷私的――ひらがな体

という対応関係が成り立つ。この対応関係を表記としていえば、「ひらがな体」は『土佐日記』の東海大学附属図書館蔵（桃園文庫旧蔵）青谿書屋本を底本としている新日本古典文学大系の原文によって示

せば、

をとこもすなる日記といふものを、をんなもしてみむとてするなり。それのとしのしはすのはつかあまりひとひのひのいぬのときにかどです。そのよしいささかものにかきつく。

である。句読点と濁音を記したからまだわかりやすいが、われわれにはきわめて読みにくいといわざるをえないだろう。特に「しはすのはつかあまりひとひのひ」は「十二月二十一日」と漢字を宛てれば一目で理解できる。われわれはこう表記して「じゅうにがつにじゅういちにち」と読むのだが、こう読んで理解するというより、一目で意味が分かっている。漢字は形で理解できる。ひらがなで表記したものはやはり意味を理解するのに時間がかかる。ということは、ひらがなで表記すると意味を取るのに少し苦労するのだから、「十二月二十一日」と書いて「しはすのはつかあまりひとひのひ」と読めばいいので、和語がわかりにくいのではないことが確認できる。漢字仮名混じり文は意味がとりやすいということだが、その元はすでに『万葉集』にみられる。

春野尓霞多奈眦伎宇良悲許能暮影尓鶯奈久母

春の野に霞たなびきうら悲しこの夕影に鶯なくも　（巻一九・四二九〇）

右が原文、左はわれわれの表記にしたもの。「多奈毗伎」「宇良」「奈久」以外、「春野」「霞」「悲」「暮影」「鶯」と自立語に漢字が意味から当てられ、あてられていないのは助詞（尒、母）、指示語（許能）である。これに活用語尾、助動詞を加えればほぼわれわれの表記と同じである。このような表記を万葉仮名と呼ぶ。この言い方は、「春」のように漢字の意味を当てた表記を訓仮名、「多奈毗伎」のように漢字の音を借りて宛てた表記を音仮名と呼んでいるが、和語は音としてあったから、その音にどのように漢字を宛てて表記したかにある。他に表記していない音もある。「春野」は「春の野」で、和語の歌では五音で訓むから「春の野に」と読める。「宇良悲」も「うら悲し」と五音にして読む。

このように現代とほぼ同じ表記があったのに、『土佐日記』はほとんどひらがなだけの表記をしていた。これはひらがなと漢字が対立的であったことを意味している。いや、ひらがなで書く場合はほとんどひらがなだけになるのだから、文字、表記というより文体の問題である。「ひらがな体」と呼ぶのがいい。和語は音として意識され、漢文体の文章体に対し「ひらがな体」と呼ぼう。「ひらがな体」は音を意識した表記をする。つまり口語体である。和歌はうたうように書き、物語は語るように書く文体なのである。漢詩文によって、和文が意識化され、和歌は歌うことを装い、物語は語るように装う文体として成立した。

しかしこの『土佐日記』序文に「日記」とあるように、すべてひらがなだけで表記したわけではない。『土佐日記』の漢字表記を拾ってみると、日、講師、郎党、京、白散、元日、宇多、願、子日、五色、明神、病者、院、子、相応寺と十五語にすぎない。日、子は一字の和語で他のひらがなに紛れわかりにくい。後は漢語だが、「解由」「屠蘇」「海賊」などもひらがな書かれている。和語化したといえるほどではないにしろ、それなりに使うようになった語といえるかもしれない。

2　日記文学を書く

『土佐日記』において、「ひらがな体」の文体が私的な側から心を書く文体として成立したことを述べた。後の展開を考えると、『土佐日記』が後の「ひらがな体」の文学を方向づけたといえる。「ひらがな体」の方向づけには日記が相応しかった。おおまかにいえば、日記の時間には社会に共通する時間と個人の時間があり、その個人の心の側から書くことが可能だったのである。具注暦に書き込む日記は、社会の時間に支えられながら個人の時間がある構造をよくみせているだろう。『土佐日記』はあたかも具注暦に書きつけたかのように、毎日書かれている。一月六日は「六日。昨日のごとし」と書くことがなくても記すのである。

この具注暦に書き込むことについて石原昭平は、陰陽道のどういう日かを見ることとかかわらせて、具注暦は「一般貴族の日常生活の基調の具となって、物忌み・方違え・諸行事の指針となった」と述べている（「日記文学の発生と暦」『平安文学研究』一九六三年一二月）。『土佐日記』も出航に良い日かどうかなど具注暦によって判断していたはずだというのである。石原は明確に述べているわけではないが、その具注暦への書き込みが日記文学につながると考えているようだ。

ひらがな体による最初の日記文学『土佐日記』はその社会の時間である日付のもとに書き手の感想などが書かれている。個人の時間は社会の時間によって共有されることが可能なのである。しかし日々のできごと、感想が書かれるだけでは、一日一日のぶつ切りの日々が連ねられていくだけで、日記文学ということはできないだろう。

個人の時間が暦にはめ込まれていったからといって、そこに日記文学といえる内実はいかに書くことが可能だろうか。ただ個人の感想の羅列でしかないものならば、具注暦に書き込んだというだけにすぎず、日付以上に共有されることはないだろう。『土佐日記』は土佐から京までの日記という限定をもつことで、旅における時間という共有しうる時間を提示することを可能にした。もちろん旅においては旅する人はそれぞれの想いを抱くだろう。それらの個別的な想いを旅という限定において、共通のものとして括ることができたのである。それは、この世においてあらゆるものは個別的にすぎないというレベルを旅という特別な時間に限定することで共有のものとし、一つの作品にしたのである。そこからは紀行文と呼んでもいい日記文学を導くことができる。

このように『土佐日記』は赴任地から京へという旅を対象とすることで、日記を、たんなる日録としてではなく、書くことを可能にした。それは紀行文学といってもいい。しかし『土佐日記』は紀行文学と呼ぶには旅した地方の風景や伝承などを書くことが少ない。『土佐日記』は紀行だけでなく、別の書く内容があったはずである。先に引いた長谷川正春『紀貫之論』は京で生まれ土佐で亡くなった子を書くことを日記の一つの主題にしている。

日記文学を書くには、時間の限定があること、その期間に何を書くかという主題があること、さらに『土佐日記』の場合、「ひらがな体」の文学がどのようなものかという問題があったと思う。たとえば、

二十二日に、和泉の国までと、平らかに願たつ。藤原のときざね、船路なれど、馬のはなむけす。

上中下、酔ひ飽きて、いと怪しく、潮海のほとりにて、あざれあへり。

と、出立の翌日、船に乗る場面での記述だが、新大系は、「平らかに願立つ」に「平らかに」と「立つ」の「言語遊戯」を、「船路なれど、馬のはなむけす」に「諧謔表現」を、さらに次の「塩海のほとりにて、あざりあへり」にも、「あざる」が「戯る」と「鯘る」の掛詞で、「塩が入った海のほとりなのに、腐った魚類が打ちあげられたように泥酔してふざけ合っている」という「諧謔表現」をみている。三つの文があるが、すべて言葉遊び的な表現をしている。これは意図的とみるべきだろう。掛詞は言葉の音によるものだから、ひらがなでしかできない。「馬のはなむけ」も和語の言い方だから、馬は陸を行くのに船路での出立と、これもひらがなでしかできない。三つめも「戯る」と「鯘る」の掛詞ゆえに連想が働くわけで、これもひらがなの言葉遊びである。つまりひらがなで書くことによって、漢文体では不可能な言葉の遊びをしているのである。特に掛詞は古今和歌集以降の歌の、詩にする主要な技法（古橋「古今集の文学史」『古代和歌の発生』東京大学出版会、一九八八年）だから、「ひらがな体」の文体を実践しているといっていいだろう。

このようなひらがなの表現にこだわる書き振りは『土佐日記』全体に及んでいる。それゆえ序章で述べた、『土佐日記』は書き手を女に設定し、ひらがな体で書くことは私的な側から書く方向を決定づけた、と述べたことと合わせることができる。とすれば、この「ひらがな体」で書くこと自体が『土佐日記』を書く意味だったと考えたほうがいい。

日記は日々のできごとを書いていくものとしてあるとすれば、この書き振りは記録するものであった日記を遥かに超えている。書き手が感じ、考えたことを書くことが優先しているのである。したがって「男もすなる日記といふものを、女もしてみむ」という序は、女がひらがな体で日記を書くとこうなるというまったく新しい日記を書くことの宣言であった。

3　万葉集から土佐日記へ

大伴旅人の歌群

しかし文学史的な視点からみれば、『土佐日記』は前例をもっている。『万葉集』における大伴旅人が大宰府で妻を亡くし、帰京の道中で妻を思い、帰宅し妻を思う一群の歌がある。

神亀五年（七二八）戊辰、大宰帥《だざいのそち》大伴卿の故人を思恋《しの》へる歌三首

愛《うつく》しき人の纏《ま》きてし敷栲《しきたへ》のわが手枕を纏く人あらめや　（巻三・四三八）

右の一首は別れ去《い》にて数旬を経て作れる歌なり。

還《かへ》るべく時は成りけり京師《みやこ》にて誰が手本をかわが枕かむ　（四三九）

京なる荒れたる家にひとり寝ば旅に益《まさ》りて苦しかるべし　（四四〇）

右二首は、近く京に向ふ時に臨《な》りて作れる歌なり。

天平二年（七三〇）庚午、冬十二月に、大宰帥大伴卿の京に向ひて上道せし時に作れる歌五首

吾妹子《わぎもこ》が見し鞆の浦のむろの木は常世にあれど見し人そなき　（巻三・四四六）

鞆の浦の磯のむろの木見るごとに相見し妹は忘らえめやも　（四四七）

磯の上に根這ふむろの木見し人をいづらと問はば語り告げむか　（四四八）

右二首は鞆の浦を過ぎし日に作れる歌なり。

妹と来し敏馬の崎を還るさに独りし見れば涙ぐましも　（四四九）

往《ゆ》くさには二人わが見しこの崎を独り過ぐれば情《こころ》悲しも　（四五〇）

右二首は敏馬の崎を過ぎし日に作れる歌なり。

故郷の家に還り入りて、即ち作れる歌三首

人もなき空しき家は草枕旅にまさりて苦しかりけり　（四五一）

妹として二人作りしわが山斎《しま》は木高く繁くなりにけるかも　（四五二）

吾妹子が植ゑし梅の樹見るごとに情《こころ》咽《む》せつつ涙し流る　（四五三）

大宰の帥であった大伴旅人が大宰府で妻を亡くした時の歌を一組目とすれば、その二年後京に帰る途中の広島の鞆の浦と兵庫の敏馬で妻を偲んで詠んだ歌が二組目、帰宅し詠んだ歌が三組目と、まとめて載せられている。日付はないが、年と、二組目は十二月と月を明記してあり、その月に鞆の浦と敏馬を通過した日に詠んだとある。記憶としてあるにしても、このようなまとまりは記録があると考えたほうがいいと思える。「別れ去にて数旬を経て作れる歌なり」「近く京に向ふ時に臨りて作れる歌なり」「鞆の浦を過ぎし日に作れる歌なり」「敏馬の崎を過ぎし日に作れる歌なり」という似通った左注も、日記的な記録を思わせる。特に一組目の、「故人を思恋へる歌三首」と題詞がありながら、二つの左注をもつことは、そう思わせる。そこで日記のようなものを想定したいと思っている。そうでなく、歌のメモがあったとしてもいいが、そのメモにも二組目のように月まで書いている場合があるのだろう。

妻の死に対して京から弔問の使者が来ている。

式部大輔石上堅魚《かつを》朝臣の歌一首

ほととぎす来鳴き響《とよ》もす卯の花の共にや来しと問はましものを　（巻八・一四七二）

右は、神亀五年戊辰に大宰帥大伴卿の妻大伴郎女《いらつめ》、病に遇《あ》ひて長逝す。時に勅使式部大輔石上朝臣堅魚《かつを》を大宰府に遣して、喪を弔ひ并物を賜へり。その事既に畢《おは》りて駅使《はゆまつかひ》と府《つかさ》の諸の卿大夫《まへつきみ》等と、共に記夷《きき》の城に登りて望遊せし日に、乃ちこの歌を作れり。

という左注がある。さらに、

大宰府帥大伴卿の凶問に報へたる歌一首
禍故《くわこ》重畳《ちょうでふ》し、凶問累集す。永《ひたぶる》に崩心の悲しびを懐き、独り断腸の泣《なみだ》を流す。但し両君の大きなる助に依りて、傾命を纔《わづか》に継ぐのみ。筆の言を尽さぬは、古今の嘆く所なり

世の中は空しきものと知る時しいよよますますかなしかりけり　（巻五・七九三）

神亀五年六月二十三日

と、大伴旅人自身の弔問の使者に対する歌もある。ただしこの弔問使は二月に亡くなった田形皇女薨去の使者で、旅人の妻の死に対しての慰使も来ているという（中西進『万葉集』講談社文庫、一九七八年）。前に引いた石上堅魚の歌の左注で、堅魚は旅人の妻大伴郎女への弔問の使として来たことは確かだろう。この旅人の歌の題詞は書簡（中西、前掲書）で、日付もある。そして堅魚の歌の左注は京からの正式な使だから、記録があったと考えていい。このような記録が旅人のもとにもあったのではないか。書簡は日付を入れるものだからいいとして、堅魚の歌の左注には年しかないから、さきの三組も含め、やはり日記ではなく、メモふうのものだったと思えないこともない。

この三組を一連としてみれば、大伴旅人の大宰府で亡くなった妻を悼み、帰京の途次で思い、帰宅して思うという物語が浮かぶ。これは『土佐日記』と通じるではないか。紀貫之はこの物語をふまえて

『土佐日記』を書いたに違いない。国司の赴任においてしばしばこういうことがあったはずだから、直接ふまえていなくともいい。しかし紀貫之は『古今和歌集』仮名序で『万葉集』を理想としており、菅原道真『新撰万葉集』（八九三年）が編まれるなど『万葉集』の評価はあったから、貫之は読んでいたとしていいだろう。

紀貫之は万葉集の大伴旅人の大宰府で妻を亡くし、帰京する途中に鎮魂する歌を詠み、また帰京して詠んだ一連に想を得て、亡くなった妻を幼い娘にし、土佐から帰京までの旅を日記として書いた。万葉集の時代、和語の散文はなかったから、万葉集では語ることのできなかった赴任地から都への道中を、日記としてひらがな体で書いてみようとしたと考えることはできる。

このように考えてくると幼子を亡くしたかどうかはどうでもいいことになる。作品の世界にそうあり、旅人の亡妻と繋がっていると指摘するだけでいい。しかし先にのべたように、日記が日々のできごとを記録するものだとすれば、事実かどうかを疑わせるとしたら、やはり『土佐日記』は漢文体のこれまでの日記とは異なるものとして意図的に書かれたというべきだろう。

旅の死者への鎮魂

ついでに大伴旅人の二組目の鞆の浦の三首が『万葉集』の挽歌と類似することにも触れておきたい。

有間皇子の自ら傷《いた》みて松が枝を結べる歌二首

磐代の浜松が枝を引き結び真幸《まさき》くあらばまた還り見む　（巻二・一四一）
家にあれば笥《け》に盛る飯《いひ》を草枕旅にしあれば椎の葉に盛る　（一四二）
長忌寸意吉麿《ながのいみきおきまろ》の結び松を見て哀しび咽《むせ》べる歌二首
磐代の岸の松が枝結びけむ人は帰りてまた見けむかも　（一四三）
磐代の野中に立てる結び松情も解けず古思ほゆ　（一四四）
山上臣憶良の追ひて和へる歌一首
天翔《あまがけ》りあり通ひつつ見らめども人こそ知らね松は知るとも　（一四五）

この一連は有間皇子の死にかかわるもので、道中に松の枝を結び、再びそこまで無事に戻って来られることを祈願した歌と、その歌対にし、長意吉麿と憶良がそこを通った時に皇子を思って呼んだ歌である。松の枝を結ぶのは自分の魂をそこに結び留めることで、分離したその魂が元に戻りたく本体を呼び戻しているとでも考えればわかりやすい。松は待つに通じ、再び来るのを待っていると思われた。この二つによって松の枝を結んで旅の無事の帰還を祈願したのである。したがって帰路に再び子の松に来て結び付けた魂を回収しなければならない。ところが皇子は再び帰ることはなかった。皇子の魂は松に留まったままになっている。それは祟りを及ぼす危険がある。そこで皇子が松に着けた魂（祈願）は解かれることもなく昔のままあるとうたい、鎮魂している。

旅人の妻の場合も同じである。妻は行きにこのむろの木に旅の安全を祈願したが、解くことができない。そこでむろの木は妻のことを知っているだろうとうたいかけている。ただし歌は呪的なものだから、呪文として力を発揮するが、有間皇子の歌も含め、歌い手の心の側から表現することが多い。亡くなった人を思い嘆く表現をするのである。

4　土佐日記の作者と書き手

土佐日記の作者

紀貫之が『土佐日記』を書いたことを当たり前のように書いてきたが、実をいえば確かなことではない。物語文学の作者も確かなわけではないのと同じだ。「ひらがな体」の文学で作者が明記されているのは和歌くらいなものである。『古今和歌集』はわからない場合も「詠み人知らず」と書いてあるほど作者は重要だった。物語は何時、誰が、どういうことをしたか、見聞きしたことを語るものだったから、誰が語ろうと同じと考えられていたと思えばいい。歌はその誰が何したに当たるものだから、この世のできごととして作者に意味があったのである。

この無名性が「ひらがな体」の文学を質の高いものにしていったと考えていい。この世の人に対する批判であろうと、語り手は責任をもつ必要がなかったからである。先に述べたことでいえば、帰宅後、隣の人が家の管理をいい加減にしたと書いても、作者が誰だかわからないのだから、文句のいいようがない。紀貫之が書いたとしても、とぼけていればいいのである。

『土佐日記』の作者が紀貫之であることは、前田家本『恵慶集』に「つらゆきがとさの日記をゑにかけるを」とあることから、貫之没後二、三十年後の頃に貫之とされていたことなどからいわれている。さらに先に述べた「ひらがな体」を文学体として性格づけした者としてふさわしいと考えるので、私も貫之を『土佐日記』の作者と考えている。同様に、紫式部が『源氏物語』の作者であることは、『紫式部日記』が三か所でこの物語の作者であることを前提とした場面をもつことで確かと考えている。

土佐日記の書き手

作品には作者がいる。『土佐日記』の作者は紀貫之である。『土佐日記』の書き手を、書き出しの「男もすなる日記といふものを、女もしてみむとてするなり」とあるから、「女」として設定した。文学作品を読む場合の基本として、この作者と書き手を分離して考えていかなければならない。そしてこの書き出しは、以下女の一人称で書かれていくことを予想させる。次の文の「それの年の十二月二十一日の戌の時に門出す。そのよし、いささかものに書きつく」は前文を受けているから、「書きつく」行為をしたのはこの「女」であり、主語を補えば、「私は」の一人称のはずである。ところがこの「女」が何者であるかははっきりしない。この書き手の「女」は旅の間人から話しかけられる場面も、人に話しかける場面もなく、ただ場面を書くことをしているだけである。一人称で書く場面がない。見聞きした者が書くというのは物語文学の書き方である。しかし他の人たちと同じ立場になってもいる。舵取りや水夫とは区別されているだけで、京へ帰る一行の一人にすぎないように書いている。

しかし、帰京した場面、

家に至りて、門に入るに、月明ければ、いとよくありさま見ゆ。聞きしよりもまして、いふかひなくぞ毀《こぼ》れ破れたる。家に預けたりつる人の心も荒れたるなりけり。中垣こそあれ、一つ家のやうなれば、望みて預かれるなり。さるは、便りごとに物も絶へず得させたり。今宵、「かかること」と声高にものもいはせず。いとは辛く見ゆれど、志はせむとす。

は、この家の持ち主の気持としか考えられないから、書き手は国司となるが「女」でなければならないから、国司の妻と考えるのが妥当である。国司は「前の守」（十二月二十六日）、「船君」（一月十四日、二月一日、六日、七日）、「船の長」（一月十八日）と書かれるが、国司の妻は書かれない。他の女たちは書かれるから、旅の中心である国司が書かれるのに、その妻が書かれないのはおかしい。したがって、書き手は国司の妻としていい。

しかし書き出し部に続いて、

ある人、県《あがた》の四年《よとせ》五年《いつとせ》はてて、例の事どもみなし終へて、解由《げゆ》など取りて、住む館《たち》より出でて、船に乗るべき所へ渡る。

と書かれ、「ある人」とある。このような国司交替にかかわる手続きは国司自身の仕事だから、本人か仕える役人の書くべきことである。本人が自己紹介的に自分を「ある人」と書いてもいい。これは『蜻蛉日記』の書き出しが、

かくありし時過ぎて、世の中にいとものはかなく、とにもかくにもつかで世に経る人ありけり。

とあるのと同じだから、書き手が自分を三人称化して自己紹介をするスタイルとみていい。『更級日記』もそうしている。『土佐日記』本文の書き出しもむしろそう読んで差し支えない。しかし『土佐日記』以前にひらがな体の日記はないのだから、「……人」という紹介は貫之が始めたと考えていい。『蜻蛉日記』は『土佐日記』を受け継いだのである。

『土佐日記』の作者は書き手を女に設定したことによって、一人称で書く日記に、自分を主要な登場人物として提示する必要が起こり、「ある人」と書くことになった。これは物語と通じてくる。したがって、日記文学は物語の文体を借りることから始まっているというべきである。いうならば一人称で書く文体がなかったのである。その意味で、『土佐日記』の混乱した文体は一人称で書くことの困難さをあらわしてしまっているのである。

以下土地の人の別れの饗宴などが続き、書き手が国司とみたほうが読みやすい。次に貫之が三人称で呼ばれるのは、一月十四日の「船君、節忌《せちみ》す」である。以下「船君」（十八日には「船の長」とある）は何

回か登場する。二月一日に、

船君のいはく、「この月までなりぬること」と嘆きて、苦しきにたへずして、「人のいふこと」とて、心やりにいへる。

曳《ひ》く船の綱手の長き春の日を四十日五十日《よそかいか》まで我は経にけり

聞く人の思へるやう、「なぞ、ただごとなる」と、ひそかにいふべし。「船君のからくひねり出だして、よしと思へることを。怨《ゑ》じもこそし給《た》べ」とて、つつめきて止みぬ。

と、ちゃかした書き方をしている。他にもこういう場面はあり、他人のことをいうより、親しい人をからかっていうか、自分を卑下していうかどちらかである。国司が書いているとすれば卑下、「女」が書いているとすればからかいである。こういうところからもこの「女」は国司の妻とみなせる。しかし自分のことを書いているとするほうが素直だろう。

　このように、「女」と設定された書き手の位置は不安定といえる。これは貫之が下手だからといってもいいが、『古今和歌集』仮名序を書いた貫之である。初めて「ひらがな体」で日記を書くことの難しさとみなさざるをえない。それは「ひらがな体」という女の文体で書くこと、さらに日記という一人称で書くことへの試み故と考えられる。

　この書き手の「女」として、京で生まれ土佐で亡くなった幼い女児の母も可能性がある。十二月二十

七日の、

京にて生まれたりし女子、国にてにはかに失せにしかば、この頃の出で立ちいそぎを見れど、何事もいはず、京へ帰るに、女子の亡きのみぞ悲しび恋ふる。

と、「この頃の出で立ちいそぎを見れど」とあり、書き手が見ているから書き手ではない。それだけでない。

（歌をうまく詠んだ）この羽根といふ所問ふ童のついでにぞ、また昔を思ひ出でて、いづれの時にか忘るる。今日はまして、母の悲しがるることは、下りし時の人の数足らねば、古歌に「数は足らでぞ帰るべらなる」といふことを思ひ出でて、よめる、

と歌が詠まれる場面では、「母の悲しがるる」と亡くなった子の母は三人称で書かれている。新大系頭注は「書き手の『女』とは別人」と明記している。他の場面も同じで、書き手の一人称ではない。しかし、最後の場面は、

思ひ出でぬことなく、思ひ恋ひしきがうちに、この家にて生まれし女子の、もろともに帰らねば、

いかがは悲しき。船人もみな、子たかりてののしる。かかるうちに、なほ悲しきに堪えずして、ひそかに心知れる人といへりける歌、

　生まれしも帰らぬものをわが宿に小松のあるを見るが悲しさ

とぞいへる。なほ飽かずやあらむ、またかくなむ。

　見し人の松の千年《ちとせ》に見ましかば遠く悲しき別れせましや

忘れがたく、口惜しきこと多かれど、え尽くさず。とまれかうまれ、疾《と》く破《や》りてむ。

と、この家で生まれたとあるから、やはり書き手の「女」の子と考えていいだろう。それに最後にこの任地で亡くなった幼児への想いで終わるのは、この日記の大きなテーマ、書く動機だからである。自分の子が亡くなってこそこの日記のリアルさがますだろう。その意味でも、書き手の歌があってしかるべきだが、書き手が実際に登場することはない。

　このように書き手の位置は不明確である。そうなったのは、やはり女の文体であった「ひらがな体」によって、一人称の日記を書こうとしたからである。作者は統一した視点をもてず、いくつもの視点になることによって、分裂をもたらしてしまったのである。

5　土佐日記の時間

『土佐日記』は土佐から京までと時間を限定することで、連続性のないことのある日記を「ひらがな体」の日記文学としたことはすでに述べた。これが『土佐日記』の時間として最も重要なことである。しかし『土佐日記』はこの非連続性を超えることはできなかった。送別会から京に帰るまでの毎日が記されているということは、取り立てて書くことのない日も書かねばならない。

（一月）六日。昨日のごとし。

（一月）十三日。なほ、山崎に。

というようになる。これは漢文体の私日記と同じに、具注暦を意識してだろう。

しかし、

（一月）七日になりぬ。同じ港にあり。

（一月）九日の早朝《つとめて》、大湊より、奈半《なは》の泊を追はむとて、漕ぎ出でけり。

（一月）十三日の暁に、いささか雨降る。しばしありて止みぬ。女これかれ、「沐浴《ゆあみ》などせむ」とて、あたりのよろしき所に下りて行く。

と、日付が独立しない例がある。新大系は七日の例に「もう白馬《あおうま》の節会《せちえ》の七日になったという気持ちで、前日の『昨日のごとし』の表現を受けて、きわめて効果的な表現である」、九日には「『九日』は単なる日付ではなく、大海へ船出の日としてアクセントをつけている」と脚注をつけている。強いて説明すればそういうことかもしれない。しかし十三日には脚注はない。

（二月）十一日。暁に船を出して、室津を追ふ。

という例もあり、どのくらい意図があるかわからない。後の『蜻蛉日記』などはむしろこの型が見られる。といって、「七日になりぬ」「九日の早朝」「十三日の暁」は日付の時間を書き手の個別的な時間に取り込もうとしていることは確かである。この方向が『蜻蛉日記』以下の日記文学を可能にした。

『土佐日記』は「男もすなる日記といふものを女もしてみむとてするなり。それの年の十二月二十一日の戌の時に門出す。そのよし、いささか物に書きつく」と始まる。「それの年」とは任地から帰る年を、指示語によってあたかもみなが知っているかのように書いており、ぼかした言い方である。日付が明確に書かれているのと対照的に何時の年か示されていない。これは記される日付ごとのでき事を不確かなものにするだろう。なぜぼかすのだろうか。十二月二十九日の次は「元日」とあるだけで、年が変わったことも書かれていないことと関連させて強いて言えば、書き手にとって連続する時間を書こうとしたということはできる。土佐からの出発から京への帰宅までの時間が、共有される時間としての年とは異なり、特別のものとして年を超えて切り取られているのである。

月日は毎年繰り返される時間で、しかも永遠に繰り返され続ける。それに対し、年は天皇の治世とかかわる時間で、延喜、延長、承平のように変わる。したがって、固有性は年によってこそ示されていると考えてみることができる。その年が記されていないのだから、この旅は共有の時間からは外され、私的な時間になるだろう。個別的な時間が重くされているということになろうか。

このようにして、日記文学は書き手の個別的な時間によって書く方向が可能になったのである。こう考えてみると、この年が書かれないことは物語と通じるものとみえてくる。事実として確かめようがないのである。『土佐日記』はやはり私的な側から書いていることが時間からもいえることになる。そして「ひらがな体」という物語も日記も区別できない文体の共通性をいいうるだろう。

6　登場人物

直接『土佐日記』に関係するわけではないが、当時の社会を知るうえで資料になる事例にふれておきたい。私は文学作品を当時の時代、社会のなかで読むことを主張してきている。その意味で、国司の地方赴任の実態に関心がある。

十二月二十八日の、「以前《はやく》の守の子、山口のちみね」という人物。以前の国守の子で、在地の人ということだから、国守が土地の女に産ませた子ということになる。この山口のちみねは酒など持って送りにきたのだから、それなりの身分である。都の貴族の子ということで、地方に位置をしめていたのだろう。

一月二十六日の「淡路の専女《たうめ》」。二月六日に「船酔の淡路の島の大い御《ご》」とも呼ばれている。この二日ともに歌を詠んでいる。一月九日に「翁人一人、専女一人、あるがなかに心地悪しみて、物もものし給《た》ばで、ひそまりぬ」とある「専女」も同一人か。二月六日に「船酔の」とされていることと関係するか。「専女」と「大い御」は老女のこと。都から来た一行の一人だから、女房にあたる老女だろう。京から連れてきたことになる。

一月二十九日の「昔土佐といひける所に住みける女」。土佐に住んでいた女ということで、「淡路の専女」も淡路出身だろうが、土佐出身の女。やはり女房にあたるような女だろう。都で暮らした者は歌を詠んでいる。

都からの一行ということからいえば、「童」「女童」も乗船している。かれらも歌を詠んでいる。歌を詠めることが都の人の象徴になっている。『更級日記』の書き手は父の赴任先に十歳頃連れていかれた。この「童」「女童」も国守の子か。そうでないとすると、「淡路の専女」は老女だから童の子はいないだろうが、土佐出身の女は子がいたかもしれない。というより、国守に仕えていた女たちに子がいた場合、連れて行ったかもしれない。

第二章　結婚生活を書く――蜻蛉日記

1　日記と物語

かくありし時すぎて、世の中にいとものはかなく、とにもかくにもつかで世に経る人ありけり。かたちとても人にも似ず、心魂もあるにもあらで、かうもののえうにもあらであるもことはりと思ひつつ、ただ臥し起き明し暮らすままに、世の中に多かる古物語のはしなどを見れば、世に多かるそらごとだにあり、人にもあらぬ身の上まで書き日記してめづらしきさまにもありなん、天下の人の品高きやと問はむためしにもせよかし、とおぼゆるも、過ぎにし年月頃のこともおぼつかなかりければ、さてもありぬべきことなん多かる。

『蜻蛉日記』序に、

とある。自分を卑下することから始め、古物語には多く「そらごと」が書いてあるから、私は「日記」を書いて、上流貴族と結婚した女がどういう人生を過ごしてきたか、めずらしい例にしようという内容である。つまり物語は「そらごと」を書くが、事実を書く日記を書こうというのである。それも「人にもあらぬ身の上」つまり自分の人生を書くという。日記は事実を書くものということが漢文の日記から受け継いだことを明確にしている。

一人称と三人称

自分の人生を書くというようなことはなかった。物語はいわば主人公の幸せになるまでの人生を書くもので、他人のことである。どうして自分のことを書いたものがないのだろう。文学は共同体的なものとして始まったからだ。ある社会が語り継ぐのは神々や英雄の物語である。神々の物語つまり神話はこの社会はどのよう始まったか、人はなぜ死ぬのか、などの物語であり、英雄の物語も神話と同じ場合も近い場合もあるが、この社会はどのようにして守られたかなどである。それらは社会のものであり、社会が語り伝えていくものである。神や英雄の一人称で語られる場合もあるが、語り手が神に憑依されて語る装いをもつからで、一応三人称的にみていい。だいたい神とは社会の共同の幻想である（古橋『万葉集を読みなおす』日本放送出版会、一九八五年）。

しかしこの物語の文体は一人称か三人称かわからない場合があることが後の「ひらがな体」に引き継がれていった。歌は物語の登場人物によって詠まれるから一人称である場合が多い。

一人称で書くには、個人が社会的に意味をもつ時代でなければならない。個人の表現が価値をもつようになるのは『万葉集』に収められた歌が詠まれるようになった時代以降である。いまだに集団に埋没していた状態から個人があらわれたというような論がいわれるが、表現が何を対象にするかは時代、社会によって違っている。つまり歴史的なものなのだ。個人に関心がもたれることによって、個人の歌があらわれるのである。個人の差異が問題になる社会である。しかし『万葉集』の時代に個人に関心がもたれたというのは言い過ぎかもしれない。少なくともこの個人は固有性というようなものではない。親子であっても顔が異なり、性格も違うというレベルに近いかもしれない。それでもそういう社会は多くの仕事、役割が必要になり、この仕事はこの人に向くなど、個人の役割が多様化し、複雑化している。

その意味で、書き手が自分のことを書く日記文学は複雑な社会に生まれたのである。日本の場合、漢文体では今の随筆にあたるようなものがあり、日本に輸入され、読まれたことがあった。たとえば『万葉集』巻五の「松浦河に遊ぶの序」は「余以暫《たまたま》往松浦之縣《あがた》逍遥」と始まる。後の「ひらがな体」では一人称の主語「余」はないほうが普通である。このように漢文体では一人称で書けた。だからといって、「ひらがな体」で書くには時間が必要だったのは、前に『土佐日記』で確かめた。

引用した『蜻蛉日記』の序は三人称でも通じるが、日記を書くことの宣言をするのに、心に添った理由付けをしているから、一人称で読むことができる。

『土佐日記』は書き手を「女」に設定したが、書き手の位置が不安定であったのは一貫して一人称で書くことが困難だったからである。できごとを書き、感想を付け加える程度なら、漢文体の私日記で可能だった。毎日そのスタイルで書けばいいわけで、一貫したテーマで書くのではないからである。その翻訳としてひらがなで書けばよかったように思われないこともない。しかし翻訳は漢文訓読文という文体をもっていた。『土佐日記』が漢文訓読文に近い文があることがそれを示している。『土佐日記』の書き手は「ひらがな体」の日記を目指していた。

では一人称で一貫して書くことは可能か、それが『土佐日記』を受け継いだ『蜻蛉日記』が日記文学として試みたことだった。

そらごとと事実

この序文は物語と日記を明確に区別している。古物語は女の人生を貴公子と結ばれて幸せになるという「そらごと」ばかり書いているといい、だから身分の高い男と結婚した自分の体験を日記として書こうといっている。日記は事実を書くものだからである。この対比は「そらごと」か事実かというレベルでだけ行われている。最初から書くものが違うのを無視している。これが成り立つには、物語も日記も同じレベル、つまり人生を書くという前提がなければならない。『蜻蛉日記』はきわめて自覚的である。三月二十五、六日の記事で源高明が安和の変（安和二年〈九六九〉）で流されることが書かれるが、

身の上をのみする日記には入るまじきことなれども、悲しと思ひいりしも誰ならねば、記しおくなり。

［身の上の事だけ書く日記には入ることではないが、悲しいと思いこんでいたのも、誰でもない私なので、書いておくのである。］

と、「身の上をのみする日記」とはっきり書いている。しかし自分の人生を書く文体はなかった。他人の人生を語る物語はあった。だから『蜻蛉日記』は日記を物語と同じ文体で書くことで、日記文学というレベルを押し上げた。

というのは、『源氏物語』「蛍」に、玉鬘が物語に熱中しているのを光源氏が「そらごとをよくしなれたる口つきよりぞいひ出だすらむとおぼゆれどもさしもあらじや（嘘をいいなれている口調でいい出したのだろうと思うのですが、そういつも限らないのでしょうか）」とからかうと、玉鬘は「げにいつはりなれたる人や、さまざまにさもくみ侍らむ。ただいとまことところこそ思うたまへられけれ（ほんとうに嘘をつきなれている人はいろいろにそのように推量するのでしょう。物語はただほんとうのことが語られていると思い申しあげるのですよ）」とすねるのに対し、源氏は物語は「神代より世にあることを記しおきけるなり。日本紀などはただかたそばぞかし。これらにこそ道々しくはしきことしあらめ（神代から世にあることを記き置いたものなのです。日本紀などはそんな一面にすぎないのですよ。物語にこそ道理にもかなうことがくわしく書いてあるでしょう）」といって、

その人の上とて、ありのままに言ひ出づることこそなけれ、良きも悪しきも、世に経る人のありさまの、見るにも飽かず聞くにもあまることを、後の世にもいひ伝へさせまほしきふしぶしを、心にこめがたくて言ひおき始めたるなり。よきさまにいふとては、良きことのかぎり選《え》り出でて、人に従はむとては、また悪しきさまのめづらしきことをとり集めたる、みなかたがたにつけたるこの世

のほかのことならずかし。

「ある人の身の上として、ありのままに書くことはないでしょう。良いことでも悪いことでも、この世に生きる人のありさまの、見ていて飽きることなく聞いていてそのままますませないことなどを、後の世に伝えたいひとつひとつを心に溜めておくことができず言いおいたのが物語の始めです。良いところをいおうとして、良いところばかりを選んでいうことになるし、読者の求めに応じてまた悪いところをいうのにめずらしいことをたくさん集めて語る、これらみな善悪それぞれにかんして、この世のほかのことではないのですよ。」

と、物語が良いところも悪いところも大げさに書いているといっている。日本書紀は事実を書いているが、それは一面に過ぎない。物語は心に感じる人の良いところ悪いところを、良いところは良いことのすべてを集めて大げさにいうが、それはこの世の真実なのだといっているのである。つまり物語は「そらごと」を書いているが、心に感じる真実を書いているという。この「そらごと」を虚構と言い換えれば近代文学に通じる。『源氏物語』は「そらごと」を方法とすることで時代を超える作品になった（古橋『日本文学の流れ』岩波書店、二〇一〇年）。

この物語論は『蜻蛉日記』が否定した「そらごと」を意識し、そこにこそ真実があると逆転させているのである。しかし物語の内実は否定したのではない。『蜻蛉日記』は物語の文体を日記に持ち込むことによって真実を書こうとしているからである。

物語文学の読者と書き手

「古物語」には「そらごと」が書かれている、だから自分の上流貴族の貴公子との結婚生活を事実として日記に書くといっている。すると「古物語」といわれているものは、書き手と同じ中流貴族の娘が上流貴族の貴公子に見初められて結婚し、幸せになるという物語と推定していい。しかし物語の女主人公は身分は高いが不遇の姫君が多い。たぶん「古物語」もそういう物語だと思われる。物語の主人公たちは神々や英雄の子孫たちだからである。それゆえ「古物語」の女主人公を没落した姫君という言い方をしておこう。

ではなぜ書き手は「古物語」を否定的に書かなければならなかったのだろうか。思い浮かぶのは『更級日記』の物語への憧れである。京に帰り、おばから『源氏物語』をもらった書き手は、夢中になって読むが、

われはこのごろ悪きぞかし、盛りにならば、かたちもかぎりなくよく、髪もいみじく長くなりなむ、光の源氏の夕顔、宇治の大将の浮舟の女君のやうにこそあらめと思ひける心、まづいとはかなく、あさまし。

と、夕顔や浮舟への憧れを容姿の面から語るが、それは、

物語にある光源氏などのやうにおはせむ人を、年に一度《ひとたび》にても通はし奉りて、浮舟の女君のやうに

山里に隠しすゑられて、花、紅葉、月、雪をながめて、いと心細げにて、めでたからむ御文などを時々待ち見などこそせめ、と思ひ続け、あらまし事にも覚えけり。

と光源氏や薫に恋されるような生活を思い描いているからである。夕顔も浮舟も身分の高い女ではなく、自分と同程度の女である。つまり物語に出てくる自分と同じ程度の女が貴公子に恋されることに憧れている。『更級日記』の書き手は『蜻蛉日記』の書き手と同じ受領階級である。これは読者層としていわば中流貴族階級の女たちがいたことを示している。彼女たちが「古物語」の読者として貴公子との恋に憧れたのである。『蜻蛉日記』の書き手は自分も読者として読んできた「古物語」が、貴公子と結婚した自分の人生とのあまりの落差に、『蜻蛉日記』を書き、中流貴族階級の女たちの「ためし」にしようとしたのである。

この「ためし」は先に宇多天皇によって漢文の日記が後に参照されるように記録として書かれることを奨励したと述べたが、石川久美子が先例として書かれることを「ためし」と結び付けて考えている（『「更級日記」における歴史と文学』、本シリーズ刊行予定）。『土佐日記』の「おとこもすなる日記といふものをおんなもしてみむとてするなり」は「ためし」として書かれたということになる。

一人称の獲得

物語の文体を持ち込むとは三人称で書くことではないか。日記を書くとはこの場合自分のことを書くといっていいのだから、一人称で書くことである。日記を書くとして一人称を物語の文体に持ち込めるのは、物語の文体が曖昧なところがあるからである。「ひらがな体」は一人称と三人称を厳密に区別しない文体だったのである。しかしそれでは日記文学は書けない。『土佐日記』の不安定さは書く視点の不安定さによっている。徹底的に見る位置から書けば三人称で書けたし、自分という視点にこだわって書けば一人称的書ける。『蜻蛉日記』は「身の上をのみする日記」と限定し、安和の変の源高明のことを気にしていたが、それさえも自分の身の上ではないから日記から外れるものとわざわざ書いている。書き手の視点で見たものを書くというだけでは『土佐日記』のように不安定になってしまう。そこで『蜻蛉日記』は見る対象を兼家との関係に限定することで一人称の日記が書けたのである。

そこでもう一度、われわれの書く日記を振り返ってみよう。われわれは毎日毎日にいろいろのことをしている。日記はそういう日々を書くものだから、日々を重ねていけばいくほど内容はぶつ切り的に拡散していくことになる。そこで『土佐日記』は土佐から京へと期間を限定することで日記とした。『蜻蛉日記』は物語の視点を取り入れ、書き手と兼家との結婚生活に限定することで日記とした。われわれの日記でも、自分の恋するところに絞って書いていけば、恋愛日記になるだろう。そういう日記を初めて書いたのが『蜻蛉日記』なのである。

実際に「われ」という言い方をしているかどうかではない。そこに一人称をみてしまうと、久富木原玲のように、『建礼門院右京大夫集』が一人称で書くものの始まりとなってしまう（「一人称形式かな日記の成立をめぐって」倉本一宏編『日記・古記録の世界』思文閣出版、二〇一五年）。

『蜻蛉日記』の本文は次のように始まる。

さて、あはつけかりし好きごとどものそれはそれとして、柏木の木高きわたりより、かくいはせんと思ふことありけり。例の人は、案内するたより、もしはなま女などしていはすることこそあれ、これは親とおぼしき人にたはぶれにもまめやかにもほのめかししに、「便《びん》なきこと」といひつるをも知らず顔に、馬にはひ乗りたる人して打ち叩かす。「誰《たれ》」などいはするにはおぼつかなからず騒ひだれば、もちわづらひ取り入れてもて騒ぐ。見れば紙なども例のやうにもあらず、いたらぬところなしと聞きふるしたる手も、あらじとおぼゆるまで悪《あ》しければ、いとぞあやしき。ありけることは、

音にのみ聞けば悲しなほととぎすこと語らはんと思ふ心あり

とばかりぞある。「いかに。返りごとはすべくやある」など定むるほどに、古体なる人ありて、「なほ」とかしこまりて書かすれば、

語らはん人なき里にほととぎすかひなかるべき声なふるしそ

［さて、軽薄な恋文などのことのそれはそれとして、柏木の木高いあたり（兵左衛佐の藤原兼家）から、このようにいわせようとすることがあったようだ。こういう場合は取次する仲立ち、もしくはまだ幼ない女にいわせることこそあるが、これは親（藤原倫寧）と思われる人に冗談にもまじめにもほのめかしたのを、「まだふさわしくございません」と答えるのも知らん顔で、馬に乗った使者に、門を叩かせる。「誰」と尋ねるまでもなく大

声で名のりあげるので、困って手紙を受け取って右往左往している。見れば紙なども恋文らしくなく、非の打ち所がないと聞いていた字も、考えられないほどへただったので、たいそう妙な気がする。書いてあるのは、

うわさにだけ聞いているのは悲しい。逢ってお話ししたいと思っています

とだけある。「どうしよう。お返事はすべきでしょうか」などと相談していると、古風な人（母）が「やっぱり」と、うやうやしく書かせるので、

お話しする人のいない里では声をあげてもかいないことですよ。」

物語は主人公の紹介から始まり、「さて」ではありえない。「さて」は話題を換えることばである。序で「世の中にいとものはかなく、とにもかくにもつかで世に経る人ありけり」と主人公を提示している。序以降求婚した状況の説明である。序で示された「人」の視点から書いている。この「人」は書き手である「私」とどうして判断できるのだろうか。序は「人にもあらぬ身の上まで書き日記して」とあり、日記を書くのが「人」である自分だから、以下は一人称であるといえる。しかし、それぞれの文末は最初が「けり」である以外は現在形で書かれている。自分の体験を書くのなら、過去形でなければならないから、これは物語の文体である。物語は三人称で読まなければならないが、序からの流れで一人称とみなさなければならない。そう読むことで曖昧な物語の文体の視点を安定したものにできるのである。

このようにして、「ひらがな体」の日記文学は、書き手が書く理由を示す序を書くことで一人称から書くことを可能にしていった。ただしこの場面には一人称を示す「われ」はどこにもない。『土佐日記』の「女」が日記を書くといっているのと同じである。

どちらにしろ、「人」が書いているから主語は「私」である。その主語の「私（われ）」が散文において最初に書かれるのは、兼家が自分の家の前を素通りして行った「町小路の女」の、出産について語る天徳元年（九五七）夏の、

この時の所に、子生むべきほどになりて、よき方選びて、一つ車にはひ乗りて、一京《ひときやう》響き続きていと聞きにくきまでののしりて、この門の前よりもわたるものかは。われはわれにもあらず、ものだにいはねば、見る人、使ふより始めて、「いと胸痛きわざかな。世に道しもこそはあれ」など、いひののしりいふを聞くに、ただ死ぬるものにもがなと思へど、……

[この時めいている所に子を産む頃になって、吉方を選んで一つ車に同乗して、都中に響くほど大声で前追いして、この門の前を通っていくものだろうか。私は茫然自失して、何もいわないので、側で見ている人や使っている人たちみんな「たいそう心が痛む仕打ちですね。世の中には他にも道があるのに」などいい騒ぐのを聞くと、ただ死にたいと思うのだが、できることではないので……]

の「われはわれにもあらず」である。この言い方は茫然自失の状態の定型的なものだから、必ずしも書き手の一人称とはいえないが、自分の状態をいっているわけではある。この場面以前の兼家が「町小路の女」の家に行くのに自分の家の前を通る場面（天暦元年）に、「わが家は内裏より参りまかづる路にしもあれば」とあり、また父のことを「わがたのもしき人」という以外、初めての「われ」である。この「わが」も「町小路の女」との関係、父との関係で自分を意識して使っているといえるだろう。これ以

降、しばしば一人称の「われ」はみえるようになる。『土佐日記』には一例も「われ」がなかったことと比べられる。

蜻蛉日記の名の由来

『蜻蛉日記』は上巻の終わりに、

かく年月はつもれど思ふやうにもあらぬ身をし嘆けば、声あらたまるも喜ぼしからず、猶ものはかなきを思へば、あるかなきかの心地するかげらふの日記といふべし。

と書かれる。「声あらたまる」は新年になることをいう。「かげらふ」は、

あはれとも憂しともいはじかげらふのあるかなきかに消《け》ぬる世なりせば　（後撰集、雑二・一一九一）

世の中といひつるものかかげらふのあるかなきかのほどにぞありける　（雑四・一二六四）

とはかないものとして詠まれている。この歌によって日記の名としたといっていいだろう。

ただしこの「かげらふ」は、

かげらふのそれかあらぬか春雨の降る日となれば袖ぞ濡れぬる　（古今集、恋四・七三一）
あはれとも憂しとももの を思ふ時などか涙のいと流るらむ　（同、恋五・八〇五）

で明らかなように陽炎であって、蜻蛉ではない。

2　蜻蛉日記の時間

『蜻蛉日記』は何年のことか書かれていないし、何月何日のことかも曖昧である。これは『土佐日記』が始めた「ひらがな体」の日記をより推し進めた方向にある。『土佐日記』は土佐から京までの旅という時間に限定して、書き手の個別的な時間に日記を引き寄せ、何年のことかを曖昧にし、さらに日付にできごとを引き寄せ、日付の絶対性を弱める試みをしていた。『蜻蛉日記』は書き手と兼家との関係に絞ることで結婚からしだいに疎遠になっていく過程に時間を限定し、「ひらがな体」の日記文学として完成したといっていい。この成熟は飛躍的ではある。この間を埋める資料がないから絶対的とはいえないが、『土佐日記』から『蜻蛉日記』は三、四十年くらいの時間があるから充分可能だろう。しかも十世紀は「ひらがな体」の文学が次々に試みられた時代であった。

結婚後すぐの頃まで

兼家の求婚の記事に日付はない。歌にほととぎすが詠まれているので夏とは分かる。その後、「まめなることにて月日はすぐしつ」と手紙がしきりに来る日が続き、「秋つかたになりにけり」とあり、歌のやり取りが記される。そして、

まめ文通ひ通ひて、いかなる朝《あした》にかありけむ

　夕暮れのながれくる間を待つほどに涙おほゐの川とこそなれ

かへし

　思ふことおほゐの川の夕暮れは心にもあらず泣かれこそすれ

また、三日ばかりの朝に、

　しののめにおきける空は思ほえであやしく露と消へかへりつる

かへし

　さだめなく消へかへりつる露よりも空頼めする我はなになり

が結婚を語っている。一首目は初めて共寝した翌朝のいわゆる後朝《きぬぎぬ》の歌。さっき別れたばかりなのに、逢える夕暮れを待つのが辛くて涙が多く流れ大堰川となることよ、とどんなにすばらしい共寝の夜だったかを詠む。兼家は翌日もその翌日も通い、三日でいわゆる結婚が成立する。「三日ばかりの朝」は結婚を示していることになる。その朝の男の歌は朝早く起きてあなたの元を去る私は悲しくて露のように

消えてしまいそうだ、とずっと一緒にいたいと詠む。女の返しの歌はあなたは消える露のようだというが、そういうあなたを頼りにさせられているのは私なのです、とこれから先への不安を詠んでいる。女の歌の典型である。

このようにして、女の結婚生活が始まる。次の記事の最後に「九月になりぬ」とあるから、結婚は八月である。以降、「つごもり方にしきりて二夜ばかり見えぬほど」「かくて十月になりぬ」「しはすになりぬ」「その年はかなく暮れぬ」「正月ばかりに、二三日見えぬほどに」と月を中心として記される記述がほぼ続いている。すべて兼家とのことである。

しかし結婚して一月あまりで、「（九月の）つごもり方にしきりて二夜ばかり見えぬほど」と二晩続けて来なかったことを書く。その間、「文ばかりある返りことに」として、歌を送り、その返歌が来て、さらにその返歌を書いていないうちに、兼家はくる。さらに、

又、ほど経て、見えおこたるほど、雨など降りたる日、「暮れに来ん」などやありけん、

　柏木の森の下草暮れごとになほ頼めとや漏るを見る見る

返りごとは、みづから来てまぎらはしつ。

と、しばらくして、来ない状態が続き、暮れに行こうといってきたが、来ないので歌を送ると来たという。柏木は先に述べたように右兵衛佐だった兼家のことで、歌は、あなたを頼りにしている私は暮れに

いらっしゃるということをあてにしていろとおっしゃるのですか、という内容で、来ない男を非難している。「返りことは、みづから来てまぎらはしつ」は返歌をしないでごまかしたということだが、来ないことの弁解もしなかったということだろう。

他に妻もおり、男より低い身分で、新婚の始めは毎夜通ったかもしれないが、女は男が毎夜来ることのないのは分かっているはずである。それでも納得できず、怨んでしまう。そういうことが結婚一月あまりで始まったわけだ。

文体のこともあるので、一年経った頃の記事にも触れておく。

さて九月ばかりになりて、出でにたるほどに、箱のあるを手まさぐりて明けてみれば、人のもとにやらんとしける文あり。あさましさに、見てけりとだに知られんと思ひて書きつく。

うたがはし他にわたせる文見ればここや途絶えにならんとすらん

など思ふほどに、むべなう十月つごもり方に三夜しきりて見えぬ時あり。つれなうて、「しばし心見るほどに」など、けしきあり。

「出でたるほどに」は兼家が一晩泊まってあくる日に出たことをいう。主語がない。次の「手さぐりて明けてみる」も主語がない。内容から判断するのはそれほど難しくない。歌の後の、「見えぬ」も「けしきあり」も主語がない。このように兼家の行為にも主語がないことがほとんどである。この日記が私と兼家のことを書いているから成り立つのである。物語にもないわけではないが、内容が二人に集中しているからである。

箱は文箱だろう。兼家は文箱を忘れて出た。明けてみると、他の女への手紙が入っていたので、せめて自分が見たことを知らせようと歌を詠んだ。道綱母としてはあまりに直接的な歌である。ところが兼家は十月の暮れに三夜も続けて来ないで、あなたの私への心を見定めようと行かないのだなどといったというのである。用事、物忌などの理由があるわけではないのに、三夜来なかった最初である。

男の来る日

『蜻蛉日記』は来ない日のことを繰り返し書いている。天徳二年（九五八）の、「町小路の女」と比べて「ここには例のほどにぞ通ふめれば」とあり、通い方が規則的だったことが知られるが、新大系脚注は「ほぼ三、四日おきの間隔」と推量している。根拠は、長くなるが、

心のどかに暮らす日、はかなきこといひいひのはてに、我も人も悪しういひなりて、うち怨じて出づるになりぬ。端のかたに歩み出でて、幼き人を呼び出でて、「我はいまは来じとす」などいひおきて出でにけるすなはち、はひ入りて、おどろおどろしう泣く。「こは何ぞ、こは何ぞ」といへど、いらへもせで、論なうさやうにぞあらんと推し量らるれど、人の聞かむもうたてもの狂ほしければ、問ひさして、とかうこしらへてあるに、五六日ばかりになりぬるに音もせず。例ならぬほどになり

ぬれば、あなもの狂ほし、たはぶれごととこそ我は思ひしか、はかなき仲なればかくて止むやうもありなんかしと思へば、心細うながむるほどに、出でし日使ひしゆする坏《つき》の水はさながらありけり。上に塵ゐてあり。かくまでとあさましう、

たえぬるか影だにあらば問ふべきをかたみの水は水草ゐにけり

など思ひし日しも見えたり。例のごとにて止みにけり。かやうに胸つぶらはしき折のみあるが、世に心ゆるびなきなんわびしかりける。

［心が穏やかに暮らす日に、ちょっとしたことを言い争ったあげく、私も人も互いに悪くいうようになって、怨んで出て行くことになった。端の方に歩いて出て、幼い子を呼んで「私はもう来ないよ」などといい置いて出ていってすぐ子は戻って、大げさに泣く。「どうしたのどうしたの」というが、答えもしないで、泣く理由もあるのだろうと推量できるが、女房たちが聞くのも嫌で、訊くのはやめて、ああだこうだととりつくろっていると、五六日ばかり経ったが、音さたない。いつもと違うほど日が経ったので、ああ嫌だ、冗談と私は思っていた、頼りない間柄だから、このようにして終ることもあるだろうと思うので、心細くぼんやり見ていると、出ていった日に使った切する坏（鬢髪の手入れをする入れ物）の水がそのままあった。上に塵が浮かんでいた。こうまでとあきれて、

あなたの仲は絶えてしまったのか、せめてあなたの影でも映っていればたづねることもできるが、あなたが残していった水には水草がはびこっているのでした。

などと思った日に、やって来た。いつものようにうやむやで終った。このように胸がつぶれるような想いをするばかりで、心の休まる時もない。それがやりきれないのだった。］

と、言い合いをし、出て行ったまま五、六日来なかったことを「例ならぬほど」とあるので、いつもは三、四日間隔で訪れたとする。先に引いた九月の記事は三夜来なかったことをめずらしいこととしていたが、すでにあたり前になっているのだろう。

長く引いたのは、場面の書き方がとてもリアルだからである。「心のどかに暮らす日」と書き始めるのは、来ない男を恨む日々に対し、やって来た男が一夜明かし、満ち足りた日ということを述べる。この「のどか」は天禄二年（九七二）の初瀬詣でに出かけようと準備していたところに男が来た日も「その日、のどかに暮らして、又の日帰る」とあることで確かである。ところがちょっとしたことから、たぶん来ない兼家を皮肉るか何かしたことから言い合いになってしまったという気持ちがよくわかる。そして「はかなきこといひいひのはてに、我も人も悪しういひなりて」と、ちょっとしたことから言い合いになり、互いに罵りしり合いになったことが書かれ、男は幼子の側に行き、もう来ないよといったものだから、子は泣きながら自分の所に来たので、どうしたのと訊くが、どうして泣いているのか推量できても周囲の手前話せないと書く。そしていつもと違って五、六日経っても来ないので、このまま終わってしまうのかとひどく気になっている目に、出て行った日の髪を洗った器がそのままあり、塵が浮いているのがうつる。「思ひし日も見えたり」とあるから、「たえぬるか」の歌を見ながら記憶を書いているることが分かる。泣くまだ幼い子、そして出て行った時のままの塵の浮かぶゆする坏と鮮やかに覚えているのであろう。

ついでに、先に問題にした書き手の一人称「我」がある。「我も人も」と二人が言い合っている場面ゆえ、自分も罵ったわけで、「我」と書いたほうがいい。男の「我はいまは来じとす」も、「私は」と動作主体の自分を明確にする言い方になる。

兼家が三、四日間隔で来るという推量は納得できる。最初の妻（たぶん正妻）がいるだけでなく、「町の小路の女」の所にも通っている。この状態がだいたい続いていたようだが、天禄元年（九七〇）には、

さて三日ばかりのほどに、「今日なん」とて、夜さりに見えたり。常にしも、いかなる心のえ思ひあへずなりにたれば、我はつれなければ、人はた罪もなきやうにて、七、八日のほどにぞわづかに通ひたる。

と、七、八日間隔になった。兼家への不満、不信が溜まって、女は「つれなく」なっている。ここにも「我つれなければ」と、自分を意識して「我」とある。「人」と対応している。男は自分に問題があるとは思わず、そういう女の所にあまりいたくなっている。結婚して十六年経っている。結婚した時の女の年齢を十八前後とすれば、三十四歳前後である。

天禄三年（九七二）閏二月十六日に、書き手は男がどのくらいの間隔で来るかを記している理由がわかる場面がある。

明くれば、この寝るほどに細やかなる文見ゆ。「今日は方ふたがりたりければなん、いかがせん」

などあべし。返りごとものして、とばかりあれば、自らなり。日も暮れ方なるを、あやしと思ひけむかし。夜に入りて「いかに、みてぐらをや奉らまし」など、やすらひのけしきあれど、「いとようないことなり」など、そそのかし出だす。歩《あゆ》み出づるほどに、あいなう「夜数にはしもせじとす」としのびやかにいふを聞き、「さらばいとなからん。異夜《ことよ》はありと、必ず今宵は」とあり。それもしるく、その後おぼつかなくて、八、九日ばかりになりぬ。かく思ひおきて、「数には」とありしなりけりと思ひあまりて、たまさかにこれよりものしけること、……

「明けると、こちらがまだ寝ているうちに細やかな手紙が来た。「今日は方塞りなのですか、どうしましょう」など書いてあるようだ。返事を送って少しして本人がやってきたのだった。日も暮れる時間なのに、変だと思ったようだ。夜になって「どうしよう。幣帛を奉りましょう」などと、帰るのをためらうようすが見えたが、「だめですよ」などといって帰りをうながす。歩いて出る時に、うっかり「訪れた夜の数にはしないでおこう」と小声でいうのを聞いて「それならば来たかいがない。他の夜はともかく、今日はきっと数に入れてくれ」という。言葉通り、その後は来ないで、八、九日ほど経った。当分来ないつもりで「数に入れてくれ」といったのだと黙っていられなくなって、めずらしくこちらから贈った歌、……」

と、物忌みを犯して来たので、不安なようすであるのを、女が他の所へ行けと出すのに、「あなたが来る夜の数にはしません」とそっといったのを聞いて、「他の夜はともかく、今夜は入れてくれ」といって帰ってから、その言葉通りに八、九日来なかったという。つまりその夜を入れれば、七、八日になる。前の間隔と一致する。

来た夜を「夜数」といっている。書き手の女はだいたい三、四日間隔、七、八日間隔と数えていたことが分かる。この書き手が来ない夜夜を辛いと思っており、何日来なかったと数えてしまうのである。男は女が数えているのがわかっていて「数には」というのである。悲しい記事である。

天禄三年五月十日には「月頃見えねば」とあり、三月末以来ずっと来なかったことが記されている。六月二十四日に「めづらしき文細やかにてあり。二十四日いとたまさかなり」と手紙も二十数日来なかった。

同じ年の八月に、書き手の女が男にどんなことをいっていたかが分かる場面があるので、引いておく。

十二日にものして、ものもいはれねば、「などかものもいはれぬ」とあり。「なにごとをか」といらへたれば、「などか来ぬ。とはぬ、にくし、あからしとて、打ちもつみもし給へかし」といひ続くるれば、「聞こゆべき限りのたまふめれば、なにかは」とてやみぬ。

と、兼家がいつも女にいわれていることをいっている。「どうして来ないのか、訪れないのか、憎い、つらい、といってぶつなり抓るなりなされよ」という。書き手の激しさが知られる。

兼家はほとんど来なくなったが、天禄四年正月は、

さて年暮れはてぬれば、例のごととてののしり明かして、三、四日にもなりにためれど、ここには

改まれる心地もせず、うぐひすばかりぞいつしか音したるをあはれと聞く。五日ばかりのほどに昼見え、又十よ日、二十日ばかりに人寝くたれたるほど見え、この月ぞ少しあやしと見えたる。

と、五日、十日余り、二十日と三回来ており、女は変だと思っている。それほど来なくなっているということである。それにしても、日日を記しており、書き手にとって兼家来訪の日が時間の中心になっていることが知られる。以降、天禄四年五月「この月も時々、同じやうなり」、「六、七月、同じほどにありつつはてぬ」と、だいたい月に三日くらい来ているようだ。その後は、六月二十八日に来て「そのままに八月二十四日まで見えず」と二月弱来ていない。にもかかわらず、九月には「あと絶えたり」と一日もこなかったのに、「あさましさは」として冬の衣服のことを依頼してきたことが書かれる。十二月暮れには、又衣服の依頼がある。

そして翌天延二年（九七四）一月十五日、地震があった日、

思はぬ山なく、思ひ立てれば、八月より絶えにし人、はかなくて六月にぞなりぬかし、とおぼゆるままに、涙ぞさくりもよよにこぼるる。

と、以降兼家が訪れた記事はない。

しかし日記の記述は続く。後に述べる兼家に見捨てられていた娘である養女に、藤原遠度がしつこく

求婚してきた話が書かれていく。この部分には歌が少ない。兼家との手紙のやり取りも減ったからである。そして、

七月になりぬ。八月近き心地するに、見る人は猶いとうら若く、いかならんと思ふこと繁きに紛れて、我思ふことはいまは絶えはてにけり。

と、まだ若い養女の求婚のことで考えることが多く、兼家のことを想うこともなくなったと書いている。かといって、まったく切れたのではなく、道綱が流行する天然痘に罹り、兼家に手紙で相談するが、返事は粗略なものであったと書く。そして十一月に、賀茂社の臨時の祭に道綱が舞手として選ばれたことにつけて珍しく手紙があり、「いかがする」といって、舞手の着る装束を贈ってきている。その前に、兼家の兄兼道が言い寄ってきたことも書いている。

霜枯れの草のゆかりぞあはれなるこまがへりてもなつきてしがな

と、兼家が離れてしまったが、兄弟の縁で私はしみじみ思っている、私が若返って親しくしたいものだという内容である。『和泉式部日記』の兄為尊親王の愛人で会った和泉式部に、兄が亡くなった後言い寄る敦道親王、『多武峰少将物語』の、高光の出家後、妻に言い寄る男など、当時の貴族社会ではしば

しばあったことのようだ。『大和物語』九十五段には醍醐の崩御後、妃の御息所能子に天皇の弟の敦実親王が通う話もある。ただ、まずは慰めが求愛という形をとる文化があったととったほうがいいかもしれない。

『蜻蛉日記』は巻末に、

今年いたうあるるとなくて、はだら雪ふたたびばかりぞ降りつる。助の一日のものども、又白馬《あをむま》にものすべきなどものしつるほどに、暮れはつる日にはなりにけり。明日の物、折り巻かせつつ、人にまかせなどして思へば、かうながらへ今日になりにけるもあさましう、御魂《みたま》など見るにも、例のつきせぬことにおぼほれてぞはてにける。京のはてなれば、夜いたう更けてぞ叩き来《く》なる、とぞ本に。

とある。「とぞ本に」は自分が書いたのではなく、写したものだという言い方。天延二年大晦日における想いである。「このように生きてきて今日になったのもあきれたことで、御魂祭の今日に振り返って考えてみても、兼家とのつきせぬことによく考えることもできず、ぼんやりして年は終わってしまうようだった」といっている。『蜻蛉日記』はまさに兼家の求婚からほとんど来なくなるまでの二十年あまりのことを縷々と綴っている。

蜻蛉日記の時間

『蜻蛉日記』は書き手の兼家との結婚生活を時間に従って語っている。これは物語文学が語るものである。ただしこの物語は、「古物語」とは異なり、結婚した二人の間を女である自分の側からみることによって、辛い人生を書くことになった。この女の側からの視点が『土佐日記』から受け継いだものである。しかし日記は毎日のできごとを書くものだとすれば、『蜻蛉日記』はほとんど二人のこと、二人の間に生まれた道綱のことしか書いていないから、日記ではない。日記らしさは事実を一人称で書くこと以外にないといっていい。物語の文体を一人称で書き手に引き寄せて書いたものとしかいいようがないのである。これは、一人称で体験を書くということがそれまでなく、それゆえいかに困難なことだったかを語っていることになる。そして一人称で事実を書けば、必然的に辛いことを書くことになるだろう。自分の心を覗けば辛いことも必ずあるからだ。

物語との違いをいえば、何時、誰がという物語の書き出しの型の、「誰が」についてはいいにしても、「何時」がない。兼家が求婚してきたのが何時頃のことかは書かれていないのである。「さて、あはつけかりし好きごとどものそれはそれとして、柏木の木高きわたりより、かくいはせんと思ふことありけり」といきなり求婚の場面から始まる。『蜻蛉日記』の場合、「何時」にあたるのはこれから「何を」語るのかという序のテーマだろう。とすれば、これから語る話を書き手が支配していることになる。それだけでは物語の語り手も同じである。しかし物語はこれから語られる話は「何時」、「誰が」となるのだから、『蜻蛉日記』の「さて」と序文を受け、自分の兼家との関係を語るあり方とはまるで異なる。やはり一人称が全体を覆っている。

　この方向は一貫性をもっている。何年のことかが示されていないのである。振り返ってみれば、『土佐日記』も「それの年」とあるだけで、貫之の任国からの出発の承平四年（九三四）が記されていない。暦は年ごとに発布されるものなのに、新しい年になっても「元旦、なほ同じ泊りなり」とあるだけで、前の日から連続している。つまり年による切れ目はないのである。時間が書き手の私の側から捉えられている。『蜻蛉日記』は、先に引いた天禄四年正月の記事でいえば、「さて年暮れはてぬれば、例のごとくとてののしり明かして、三、四日にもなりにためれど、ここには改まれる心地もせず、うぐひすばかりぞいつしか音したるをあはれと聞く」と、「年暮れはて」たがそれは例年通りあわただしいものだったが、「三、四日になりにためれどここには改まれる心地」はなく、前年からの兼家との関係の気持が続いている。むしろ年号を邪魔にしているかのようだ。自分と兼家の関係の時間だけが意味あることなのである。

3　兼家の娘

養女

『蜻蛉日記』の最後のほうは書き手が養女にした兼家の娘への若い貴公子の求婚のことが中心になっている。『蜻蛉日記』を論じるというより、当時の貴族の男女関係が具体的に知られるものなので、そちらの側からふれておく。

天禄三年（九七二）二月、道綱の母は養女をとる。

かくはあれど、ただ今のごとくにては行く末さへ心細きに、ただ一人男にてあれば、年頃もここかしこに詣でなどする所には、このことを申し尽くしつれば、今はましてかたかるべき年齢《としよはひ》になりゆくを、いかでいやしからざらん人の女子《をんなご》一人とりて、後見《うしろみ》もせん、一人ある人をもうち語らひて、わが命の果てにもあらせんと、この月ごろ思ひ立ちてこれかれにもいひ合はすれば、「殿の通はせ給ひし源宰相兼忠とか聞こえし人の御娘の腹にこそ、女君いとうつくげにものし給ふなれ。同じうはそれをやはさやうにも聞こえさせ給はぬ。今は志賀の麓になん、かの兄の禅師《せうと》の君といふにつきてものし給ふなる」などいふ人ある時に、「そよや、さることありきかし。故陽成院の御後ぞかし。宰相の亡くなりてまだ服《ぶく》のうちに、例のさやうのこと聞きすぐされぬ心にて、なにくれとありしほどに、さありしことぞ。人はまづその心ばへにて、ことに今めかしうもあらぬうちに齢などもあうよりにたべければ、女はさらんとも思はずやありけん。されど返りごとなどすめりしほどに、自らふたたびばかりなどものして、いかでにかあらん、単衣《ひとへぎぬ》のかぎりなんとりてものしたりしことどもなどもありしかど、忘れにけり。さていかがありけん。

関越えて旅寝なりつる草枕かりそめにはた思ほえぬかなとかいひやり給ふめりし、なほもありしかば、返り、ことごとしうもあらざりき。

おぼつかな我にもあらぬ草枕またこそ知らねかかる旅寝は

とぞありしを、「旅重なりたるぞあやしき。などもろともに」とて笑ひてき。後々しるきこともなくてやありけん、いかなる返り事にか、かくあめりき。

おきそふる露に夜な夜な濡れこしは思ひのなかにかはく袖かは

などあめりしほどに、ましてはかなうなりはてにしを、後に聞きしかば、「ありし所に女子生みたなり。さぞとなんいふなる。さもあらん。ここにとりてやはおきたらぬなどのたまひし、それなり。させんかし」などいひなりて、便りを尋ね聞けば、この人も知らぬ幼き人は十二三のほどになりにけり。ただそれ一人を身にそへてなん、かの志賀の東《ひむがし》の麓に、湖を前に見、志賀の山を後《しり》へに見たる所の、いふかたなう心細げなるに明し暮らしてあなると聞きて、身をつめば、なにはのことをさる住まひにて、思ひ残すらんとぞ、まづ思ひやりける。

源兼忠は陽成院の子源清蔭の子で、亡くなったのは天徳二年（九五八）七月。服喪中のその娘を、兼家が世話をしているうちに関係ができた。その後兼家は遠のいたが、女子が生まれていた。その子を養女にするのである。

兼家と兼忠の娘との歌のやり取りも書いているのは、道綱の母の手元に歌が残されていたからである。道綱の母のところから単衣を持って行ったりしたこともあったとあるから、兼家は道綱の母に兼忠の娘のことを話しており、歌のやり取りも聞いていたと推量される。兼家の歌も道綱の母の所で書いたのだろう。兼忠の娘の歌二首も十年以上経っても覚えているはずはないから、メモしたのだろう。あるいは兼忠の娘の送られてきた歌そのものが兼家の歌のメモと一緒に道綱の母の元に残されていた。それゆえ「旅かさなりたるぞあやしき、などもろともに（兼家の「旅寝」を受けて女の歌にも「旅寝」とあるのが変だ。二人で旅したことになってしまう）」と笑ったことも思い出したのである。

このように、直接自分と関係ない、夫と別の女との歌のやり取りも残されることがあった。当時の資料の残り方としてふれておく。

この頃道綱の母は三十才前後である。兼家との間の子は道綱一人で、将来に不安を抱いており、寺社に参詣するたびに子を授かるように祈願、いわゆる申し子をしていたが、もう子も産めなくなる年齢になっていくのでと、養女をとる理由を述べている。折口信夫の三十床離り説が思い起こされる。三十歳は供寝をしなくなる年齢と考えられていたらしい。三十歳前後の女がもう子をもてなくなるといっているのはこのような考え方があるからだろう。

この兼忠の娘は父の死後生活にも困るような状態になったらしい。そこに兼家が登場し、世話しているうちに関係ができ、子をもうけることになった。兼忠は陽成院の孫にあたるから、娘は曾孫なのに父が亡くなると生活がたいへんになった。いくら源姓を与えられ臣下になったといっても、天皇の孫である。そこで兼家が遠のいてからは、娘と一緒に近江でわびしい生活をしていた。ということは、兼家は援助もしていない。兼家が娘が生まれたとは知らなかったとしても、冷たい。道綱の母の養女になり、自分の娘だと知った後も、兼家はとりたてて援助しているわけでもない。

高貴な出自の没落する女

このように身分の高い男の娘が父親に死別し、没落することは実際にしばしばあったことの例になる。没落した姫君との恋愛は物語の一つの話型をなしていたが、それは当時の社会に関心をもたれたからである。血筋を重んじる身分制社会では当然だろう。

一つだけ『大和物語』三十八段を例として挙げると、

先帝の五の皇子《みこ》の御娘、一条の君といひて、京極の御息所の御もとに侍ひ給ひけり。いとよくもあらぬことありて、まかで給ひて、壱岐の守の妻《め》にていますかりて、たまさかに問ふひとあらばわたの原嘆き帆にあげて去ぬとこたへよ

と、陽成天皇の孫の一条の君が女房として京極の御息所に仕えていたが、何かよくないことがあって、壱岐の守の妻として下る話である。京極の御息所は藤原時平の娘で、宇多の后褒子。この褒子は、陽成天皇の第一皇子元良親王と関係があったことが『元良親王集』に「京極の御息所を、まだ亭子院におはしけるとき、けさうしたまひて」歌を送ることがあり、後にもしばしば贈答がみえることからわかり、さらに「一条の蔵人にすみ給ふことを、内わたりの人のいひければ」とあることから一条の君とも通じしかも、「すみ給ふ」と安定した関係をもっていたことが見える。いわば「元良親王をめぐる三角関係」（雨海博洋『大和物語の人々』笠間書院、一九七九年）である。元良親王は主人の女とも仕える女とも関係を

もったわけで、「いとよくもあらぬこと」とはこのことをさすと思われる。一条の君はたぶんこのため、京にいられなくなり、国司の妻となって、壱岐に下った。

陽成天皇の孫でありながら、女房として仕えなければならず、さらに国司の妻となって壱岐にまで下っているのである。この国司の妻はわれわれのいう夫婦の妻ではないように思える。「いとよくもあらぬことありて」ちょうど壱岐に国司として下る男に自らついていったかのようだ。

この国司の妻は都の文化が地方に伝わる働きをしていたようだが、詳しくは『更級日記』の継母の項で述べる。

養女への求婚

道綱の母の養女は兼家の娘ということがあったからだろう。藤原遠度が求婚してくる。遠度は藤原師輔の七男で、従三位まで昇進した貴公子である。最後の天延二年はこの遠度の求婚の記事が多く、詳しい。遠度は右馬頭で、右馬助だった道綱の上司である。その関係で道綱にせっつき、いじめている。いまのパワハラに当たる例になる。結局遠度は元妻を盗むという醜聞を起こし、道綱の母はそれを理由に断ろうと考える。その元妻とは何者で、どういう理由で別れたか、どうして盗むことになったかなど、分からない。

4　寺社参詣と心の解放

『蜻蛉日記』は十二回の寺社参詣をしている。記事のある十八年間に十二回という数は多いのだろうと思うが、確かではない。ここで述べておきたいのは、物詣が信仰の問題というだけでなく、心の解放でもあったことである。われわれよりずっと信仰心が深かったのはいうまでもないが、寺社参詣は途中の景色をながめたりも含めて、われわれのいう観光的な面もあった。中学校の遠足で鎌倉に行き、大仏を観たり、鶴ヶ丘八幡に参拝するなど、近現代社会でも寺社には観光に行っている。私は信仰心をもっているとは思っていないが、寺社にいけばお賽銭をあげ、一応手を合わせている。キリスト教の教会に行っても頭をさげ、合掌している。十字を切ることもある。たぶんこれが近代日本の信仰だと思っている。キリスト教的な絶対的な神、一神教の信仰とは異なる。

心展ぶ

天禄三年（九七二）閏二月十日の賀茂参詣に行き、

十日、賀茂へ詣づ。「忍びてもろともに」といふ人あれば、「何かは」とて詣でたり。いつもめづらしき心地する所なれば、今日も心展《の》ばはる心地す。田返しなどするも、かう強《い》ひけるはと見ゆ。

紫野《むらさきの》通りに北野にものすれば、沢にもの摘む女、童《わらはべ》などもあり。うちつけに、ゑぐ摘むかと思へば、裳裾思ひやられけり。船岡うち廻りなどするも、いとをかし。暗う家に帰りて、うち寝たるほどに、門《かど》いちはやく叩く。胸うちつぶれてさめたれば、思ひの他にさなりけり。心の鬼は、もしここ近き所に障りありて、帰されてにやあらんと思ふに、人はさりげなけれど、うちとけずこそ思ひ明かしけれ。早朝《つとめて》、少し日たけて帰る。さて五、六日ばかりあり。

と、途中の風景を楽しんでいる。それも「いつもめづらしき心地する所なれば」と、通るごとに風景の変るのを楽しんでいる。この場合は参詣したことは書かれず船岡を廻っている。むしろ途中の風景を楽しむために出かけたといっていいだろう。「今日も心展ばはる心地す」とあるから、いつも心がのびのび解放されるのである。

「うちつけに、ゑぐ摘むかと思へば、裳裾思ひやられけり」は、

あしひきの山田の沢にゑぐ摘むと雪消《ゆきげ》の水に裳の裾濡らす　（古今六帖）

を思い浮かべたもの。ゑぐは芹かという。

暗くなって帰って寝ていると、兼家が来た。「心の鬼」は「疑心生暗鬼」である。別の女の所に行ったが、支障があって泊まれず、ここにきたのではと疑っている。兼家は素知らぬ顔でいるが、打ち解け

ずにその夜は明かしたという。せっかく心をのびのびとさせてきたのに、また辛い気持ちになった。そして五、六日来なかったと、例の来ない日を数えている。

「心展ぶ」はもう一例ある。天禄元年（九七〇）六月の、

かくながら二十余日になりぬる心地、せん方知らずあやしくおき所もなきを、いかで涼しき方もやあると、心も展べがてら浜づらの方に祓へもせんと思ひて、唐崎へとものす。寅の時ばかりに出で立つに、月いと明《あか》し。我同じやうなる人、また供に人一人ばかりぞあれば、ただ三人乗りて、馬に乗りたる男《をのこ》ども七、八人ばかりぞある。賀茂川のほどにて、ほのぼのと明《あ》く。うち過ぎて山路になりて京に違ひぬるさまを見るにも、この頃の心地なればにやあらん、いとあはれなり。いはんや関に至りてしばし車とどめて牛飼ひなどするに、むな車引き続けてあやしき木こりおろして、いとを暗き中より来るも、心地引き換へたるやうに覚えて、いとをかし。

である。「かくながら」とは兼家との仲がますます悪くなり、前の記事に、「かくて数ふれば、夜見ることは三十余日、昼見ることは四十余日なかりけり」という状態になっていた。やはり来ない日数を数えている。

どうしようもなく、「心も展べがてら」と鬱屈した想いを祓うため唐崎に出かける。六月祓だろう。出かけることが「心展べがてら」と理由になっている。やはり京とは異なる景色をしみじみと眺め、逢

坂の関で牛を休ませている時、木こりが材木を乗せた車を何台も引いて行くのに出会い、気持ちが変わっていくのを感じている。

郊外と四季歌の成立

この「心展ぶ」については『平安京の都市生活と郊外』(吉川弘文館、一九九八年) で述べているが、『万葉集』の巻八と十の四季の雑歌が平城京の郊外に出て時節の到来を受感することと深く関係することを論じた (「郊外論」『古代都市の文芸生活』大修館、一九九四年。「郊外文学論」『和文学の成立』若草書房、一九九八年) ことから、平安期にも同じことがいえるはずだと考え、先に引いた『蜻蛉日記』の二例に気づいたのだった。

『万葉集』には、

春の野に心展べむと思ふどち来し今日の日は暮れずもあらぬか　(巻一〇・一八八二)

がある。心をのびのび解放しようと気心の通じ合う仲間と郊外に出るのである。このような態度はわれわれの郊外に出るピクニックやハイキングに近い。この歌は春の行事である野遊び、若菜摘みの時ものだが、「思ふどち (思い合う同士)」とあることで、共同体的な意味を超えて楽しむ雰囲気になっている。共同体的な意味がこのようなものになることで、四季の歌が成立するということを論じたのだった。

つまり郊外の成立が四季歌を可能にしたのである。郊外というなら、平安京の七野こそ郊外ではないか、と考えていったのである。

『平安京の都市生活と郊外』は七野のさらに先にある琵琶湖、石山寺、宇治なども郊外として捉えらると論じている。『蜻蛉日記』の二例から、逢坂山を越え、唐崎に行くのも日帰りだから郊外に含めてしまおうというのである。「心展べむ」という気持ちが通じるからである。

第三章　自分を見る――紫式部日記

　平安期の日記文学には、『蜻蛉日記』の次に『紫式部日記』がある。男の漢文体の日記が、たとえば藤原道長の日記は『御堂関白記』と呼ばれているように、書き手の名や官職名で呼ばれる。女の仮名日記は、ひらがな体では和歌以外書き手が書かれないものだが、『紫式部日記』は書き手の名とみなしていい。これは、本人が日記として書いたかどうか、わからないことを示している。紫式部が書いたものをまとめて『紫式部日記』と呼んだのではないか。

　というのは、中宮彰子の道長の私宅土御門邸における出産関係の日記として始まるが、書簡体や随想風のもの、日記風の断簡など、内容が雑多だからである。『源氏物語』の作者として紫式部は特別に扱われたのかもしれない。書いたものが雑纂的にまとめられたものと思われる。

　その意味で『紫式部日記』を日記文学に入れるのはためらわれる。しかしその書簡的なもの、随想風のものは、自分の思っていることを書く随筆として自己省察もしており、文学とみなしていいと考え、とりあげておく。

1 『蜻蛉日記』から『紫式部日記』へ

記録する我

『紫式部日記』は、

秋の気配入りたつままに、土御門殿のありさま、いはむ方なくをかし。池のわたりの木末ども、遣《やり》水《みづ》のほとりの草むら、おのがじし色づきわたりつつ、おほかたの空も艶《えむ》なるにもてはやされて、不断の御読経の声々、あはれまさりけり。やうやう涼しき風の気配に、例の絶えせぬ水のおとなひ、夜もすがら聞きまがはさる。御前《おまえ》にも、近う候ふ人々はかなき物語するを聞こしめしつつ、悩ましうおはしますべかめるを、さりげなくもて隠させ給へる御ありさまなどの、いとさらなることなれど、憂き世の慰めには、かかる御前をこそ訪ね参るべかりけれど、現《うつ》し心をばひきたがへ、たとしへなくよろづ忘らるるも、かつあやし。

と、書き出される。この文章は客観的に書き出しているが、最後の「かつあやし」がとりにくい。「御前にも」は以下中宮が女房たちがとりとめない話をしているのをお聞きになりながら、気分がすぐれないのを隠しているさまを、「いとさらなることなれども」と当然のことだけれど、やはりすばらしいといい、つらいこの世にはこのようなお姿を見に訪ねたいほどで、そうすれば現実のことを忘れられるのだが、それは「かつあやし」という文脈になっている。「かつ」はそれまでとは異なる気持ちを示すから、自分も忘れられるほどすばらしいと思うのだが、その一方でおかしいと思っていることになる。「いとさらなることなれども」も、不快な状態を隠してそれとなく近くの女房たちの話を聞いているというような態度は当然だというのだが、これも書き手の判断から書かれている。もちろん当時の宮中の身分の高い人たちの態度として当然だという共同性があるだろうが。このように、この文章は、出産を前にした土御門邸の風景、中宮のすばらしさを語りながら、書いている自分が出ている。つまり場面を外から見ている「私」がいるのである。

翌日の朝は、

渡殿《わたどの》の戸口の局から見出だせば、ほのうち霧りたる朝の露もまだ落ちぬに、殿歩《あり》かせ給ひて、御随身《みずいじん》召して遣水《やりみづ》はらわせ給ふ。橋の南なる女郎花のいみじう盛りなるを、一枝折らせ給ひて、几帳の上よりさしのぞかせ給へる御さまの、いと恥づかしげなるに、我朝顔の思ひ知らるれば、「これ、遅くては悪からん」とのたまはするにことつけて、硯のもとに寄りぬ。

と、道長と書き手のかかわりの親密さが書かれる。寝起きの顔を見られたのを恥じて、「殿」（道長）が女郎花を折って持ってきたのを受けて、「我朝顔」と朝のまだ目覚めきっていない顔を朝顔の花に見立

てて「朝顔」というのだが、「我」と自分を明確に書いている。その夕暮れは、道長の子の頼通との交流を書き、

かばかりなることの、うち思ひ出でらるるもあり、その折はをかしきことの、過ぎぬれば忘るるもあるは、いかなるぞ。

と、その頃のことを思い出して書いているが、忘れていることもあるのはどんなものかと、自分の心をみつめている。

このように、この書き出しは中宮の出産を書くものでありながら、書き手の心が書かれることが示されている。これは『蜻蛉日記』が定着させた文体を受け継ぎ、書き手の位置を明確にしたものといえる。

出産後一月経ち、一条天皇が皇子に会いに土御門に行幸する十月十六日の、

御輿迎へ奉つる船楽、いとおもしろし。寄するを見れば、駕輿丁《かよちやう》の、さる身の程ながら、階《はし》より登りて、いと苦しげにうつぶしふせる、なにのことごとなる、高きまじらひも、身の程かぎりあるに、いと安げなしかしと見る。

が最も分かりやすいだろう。天皇を載せる御輿を担ぐ駕輿丁が階段を登って、轅《ながえ》の先を簀子《すのこ》につけ、御

輿を水平に保つために前の兒子《かきて》が轅を肩にしたまま階段に這いつくばって苦しそうにしているのを見て、このみじめさは自分と何の変わりがあろう、高貴な宮中の宮仕えも身分身分をわきまえなければならないのだから、苦労が多いことだと感じている書き手が顔を出している。このような駕輿丁を書く例は他にみない。身分制批判といってもいいくらいだ。しかしそういう制度の問題に向かうことはなく、自分の宮仕えにおける気苦労と重ねる。新全集頭注は「華やかな宮廷生活に明け暮れる女房たちの中で、誰が人並にも思われぬ仕丁の身の上にまで共感を持ちうるであろうか。人間の運命を描いた物語作家の透徹した人生観察の眼を感じさせる」としている。

こういう目は自分をみつめることによって身につくものだ。紫式部は見ている自分を意識して書いている。『蜻蛉日記』は兼家との関係において自分を意識し書いたが、『紫式部日記』は最初から自分が意識され、表現の対象になっているのである。

日記文学としていえば、『蜻蛉日記』は兼家との結婚生活を中心にすることで、毎日という社会全体を覆っている時間から逃れ、いわば兼家との関係における自分の心を書くことができたが、『紫式部日記』はその自分という書く視点にこだわり、宮廷生活を自分の目から書くことになった。いうならば、記録する自分をも表現の対象にしたのである。

2　中宮出産の日記

自己へのこだわり

『紫式部日記』は中宮彰子が出産のため父道長の土御門におり、その中宮に仕える紫式部が土御門邸を描写するところから始まる。そして出産を待つ人々を式部にかかわるところで書いていく。特に彰子の父道長、兄弟の頼通とのエピソードを書くことで、式部が邸の中心とかかわることを書く。そして準備などで人々のあわただしさを書いて、出産になる。

今とせさせ給ふ程、御もののけの妬《ねた》み罵る声などのむくつけさよ。源《げん》の蔵人には心誉阿闍梨、兵衛蔵人にはそうそといふ人、右近蔵人には法住寺の律師《りし》、宮の内侍の局にはちそう阿闍梨《あざり》をあづけたれば、もののけにひき倒されて、いといとほしかりければ、念覚阿闍梨を召し加へてぞ罵る。阿闍梨の験《げむ》の薄きにあらず、御もののけのいみじう強《こは》きなりけり。宰相の君の招《を》き人に叡効をそへたるに、夜一夜罵り明かして、声もかれにけり。御もののけ移れと召し出でたる人々も、みな移らで騒がれけり。

出産直前の、もののけが最も妬み騒ぐ場面である。憑坐《よりまし》と担当する僧たちの名が記されている。もののけが強くかんたんに憑坐に移すことができない状態にあった。そこでさらに宰相の君の「招き人（もののけを招き寄せる験者）」の叡効をそえてもののけと戦い、一晩明かした。もちろんもののけが強いのは道長の娘彰子が天皇の皇子を産むことで勢力が強くなるからで、上流貴族、後宮の女たちの妬みの深さをあらわしている。式部がそう思っていたかどうかは定かでないが、『源氏物語』の六条御息所のもののけの造形はそう思わせるところがある。『紫式部集』に、

絵に物の怪のつきたる女の醜きかたを描いたる後に、鬼になりたる元の女を、小法師の縛りたるかたを描きて男は経読みて、物のけせめたるところをみて、

亡き人をかごとをかけてわづらふも己が心の鬼にやはあらぬ

と、今の女がもののけに憑かれ苦しんでいるのを元の妻のせいにしているが、ほんとうは男の恐ろしい心が生んだものではないかと詠んでいる歌がある。もののけをこの世に生きてある側の幻想だというのである。

この場面、憑坐と担当の僧の名が一人一人あげられている。その人たちがどうこうというわけではない。これは場面を記録する姿勢である。その場面に入る前に、「御もののけの妬み罵る声などのむくつけさよ」と驚きの気持を書いている。そしてもののけの場面を憑坐と僧の名をあげていく。いわば倒置法みたいなものである。「むくつけさ」がどのようなものかは書かれていなくても、最初にそういうこ

とで、自分の気持が共有されるものであるかのように書いているのである。したがって、記録という性格と自分の気持とが書かれていることになる。

この両方から書くのが『紫式部日記』の場面を書く方法になっている。

内より御佩刀《みはかし》持て参れる頭中将頼定、今日伊勢の奉幣使、帰る程、上るまじければ、立ちながらぞ、平らかにおはします御ありさま奏せさせ給ふ。禄なども給ひける、そのことは見ず。

天皇から皇子に贈る守刀を持ってきた頼定はお産の穢れに触れたので、特に伊勢神宮への奉幣使が帰る日で、昇殿もできず、立ったままでいる姿が平然としていてりっぱだということで、ご褒美をいただいた。しかし私は見ていない、という。普通「そのことは見ず」などと書かない。人から聞いていれば確かとみなされるのである。ところが書き手は、そう聞いたけれど、私は見ていないと書くのである。見たものと聞いたものを区別している。書いている自分を意識しているとしかいいようがない。自分がいて、外界を見ている。この私は見ていないという文言は五十日の祝いにも「くはしうは見侍らず（詳しくは見ていない）」とある。

この「そのことは見ず」について、中野幸一は、天徳四年内裏歌合の「仮名日記甲」の「かかるほどに、日いといたく暮れぬ。又蔵人藤原秀輔を召して、遅きよしを仰せ給ふ。もののさまも見えぬほどに、洲浜奉る。童打敷とりて参る。かへりてまた、四人洲浜かきて参る。装束、赤色に桜襲なるべし。されど見えねばかひなし」の「見えねばかひなし」をあげ、日記、歌合で育った批評意識が関係するとする（新全集『紫式部日記』解説、小学館、一九九四年）。それはあるだろうが、装束の色が暗くてよく見えないので、あまり意味がないといっているわけで、その場の人に共通するものであり、『紫式部日記』とは異なるだろう。

このように『紫式部日記』は自分が見たことを記録している。ということは逆に、自分が見ていないことは基本的に書いていないといえる。したがって出産の場面はないのである。

道長の産養のなかの一場面をひいてみる。

御膳《おもの》参るとて、女房八人、一色《ひとついろ》に装束《さうぞ》きて、髪上げ、白き元結して、白き御盤持て続き参る。今宵の御まかなひは宮の内侍、いとものものしくあざやかなる様態《やうだい》に、元結ばえしたる髪の下がりは、常よりもあらまほしきさまして、扇に外れたるかたはらめなど、いと清げに侍りしかな。髪上げたる女房は源式部加賀の守書景ふが女《むすめ》、小左衛門故備中の守道時が女、小兵衛左京大夫明理女、大輔伊勢の祭主輔親が女、大馬左衛門の大輔頼信が女、小馬左衛門佐道順が女、小兵衛蔵人なかちかが女、小木工木工《もく》の允《ぜう》平のぶよしといひけん人の女なり、かたちなどをかしき若人のかぎりにて、さし向かひつつゐわたりたりしは、いと見るかひこそ侍りしか。例は、御膳参るとて、髪上ぐることをぞするを、かかる折とて、さりぬべき人々を選《え》らせ給へりしを、心憂しいみじと、うれへ泣きなど、ゆゆしきまでぞ見侍りし。

「元結ばえしたる髪の下がりは、常よりもあらまほしきさまして、扇に外れたるかたはらめなど、いと清げに侍りしかな」は、「常よりもあらまほしきさまして」のこうありたいという言い方は見ている者の気持の表現、「扇に外れたるかたはらめ」隠す扇からのぞいている顔と、見ていて気付く表現である。「いと清げに侍りしかな」はその場を見ている者の感嘆をあらわす。後の「いと見るかひこそ侍りしか」の「かな」とともに「か」と感嘆をあらわす終助詞を付している。先に引いたもののけの場面も「よ」とあった。「ゆゆしきまでぞ見侍りし」も私がそう見たという言い方を記している。

八人の女房の名をあげ、親を記すのは記録という姿勢を示すが、見たものを記録するのに、書き手からの視点で書いていることがよくあらわれているといえる。

『紫式部日記』の時間

このような日記はむしろわれわれの日記に近いだろう。とすると、毎日その日に起った事実を書くという日記の最も基本的な性格はどうなのだろうか。最初は先に引用したように、「秋の気配入りたつままに」と大まかな時間が示されるが、それは出産の準備という漠然とした時間を示すといってよい。出産する場所である父道長の土御門邸の描写から始まり、八月二十余日、二十六日、次は九月九日から出産の十日、翌日十一日までが記録として詳しく、九月十三日、十五日、十七日、十九日の産養までがほぼ連日書かれる。ただし産養は生後三日、五日、七日、九日と行われるもので、その三日目、五日目の産養というように日付が記され、暦の日付とは異なっている。したがって日記としては前提になる社会共通の時間でなく、中宮の出産後の固有の時間となっている。出産自体共通の時間の何時といわざるをえないが、後は誕生にかかわる儀礼であるから、むしろ固有の時間の方がリアルになる。以降、十月十余日の中宮のようす、一条天皇土御門殿行幸が近づいた邸のようすが書かれ、十月十六日の行幸になる。次は誕生五十日の祝いの十一月一日がやはり「御五十日」として書かれている。そして十七日の中宮還御と、暦の時間に戻っている。中宮も宮中に戻ると、出産を廻る時間は朝廷の時間に飲み込まれる。以下、十一月二十二日の童女御覧、二十三日五節の舞、二十八日の賀茂視社の臨時祭と日付はなく、行事が書かれていく。

したがって、『紫式部日記』は中宮出産を中心にした儀礼、行事自体を書くという姿勢によって書かれているといえる。これが『紫式部日記』の特徴である。しかしこれだけでは日記とはいい難い。再び日付が書かれるのは、

> 十二月二十九日に参る。初めて参りしも今宵の事ぞかし。いみじくも夢路に惑はれしかなと思ひ出づれば、こよなくたち馴れにけるも、疎《うと》ましの身のほどやと覚ゆ。御物忌におはしませば、御前にも参らず。心細くてうち臥したるに、前なる人々の「内わたりは猶いと気配ことなりけり。里にては、今は寝なましものを。さもいざとき沓の繁さかな」と、色めかしくいひゐたるを聞く。
>
> 　年暮れて我が世ふけゆく風の音に心の中にすさまじきかな
>
> と独り言《ひとりご》たれし。

ともう暮れに参上した記事である。たぶん式部は賀茂社の臨時祭の後退出していたのだろう。だから記事がないといっていい。いわば宮廷日記なのである。

しかもここには、初めて出仕した頃を思い出し、最初はいろいろとまごついたが、今はすっかり慣れてしまったことが疎ましいと思っている。いうならば疎外感である。そして中宮は物忌なので挨拶にもいっていない。心細く臥していると、女房たちが宮中はすっかり変ったわ、里だともう寝ているのに、ひどくうるさい沓の音なのよ、と怒っていう。

式部は、年が暮れて私は老いていく、この夜更けの風の音を聞くにつけ、心の中は荒涼としているものだ、と独り言のように詠んでいる。宮廷生活の華やいださまとは異なる心の状態を書いているわけだ。ここに日付があることは、私の時間も宮廷行事の時間も暦の時間として同じものであることを示している。つまり、暦の時間は社会に共通する普遍的なものだが、中宮の産養の時間が皇子誕生の固有の時間に言い換えられることでリアルになり、また自分が暦の時間に位置づけられることで普遍化する。言うならば社会の中に位置を占めるとともに、初出仕を思い起こすことで、固有の側に時間を取り戻してリアルにしているといえる。

このように時間をさまざまなレベルに捉えることで、日付に意味を与えている、あるいは日付によってさまざまなレベルが捉えられているのである。『紫式部日記』は日記の時間の意味を行事と自分の時間から確定していったといえる。

3　随想

批評へ

そしてこの中宮彰子の出産にかかわる記録は、中宮の内裏還御あたりから、記録というより随想的な要素を濃くしていく。

先に引いた十二月二十九日の次は「つごもりの夜」そして「正月一日」と続く。この一日の記事は、

坎日《かんにち》なれば、若宮の御戴餅《おほんいただきもちひ》のこと、止まりぬ。三日ぞまうのぼらせ給ふ。

と、陰陽道の凶にあたる日なので、若宮の頭に餅を戴かせて生い先を祝う戴餅の行事を延期し、三日にしたというものである。引用の後に「今年の御まかなひは大納言の君。装束、朔日の日は」として服装が書かれ、「宰相の君の、御佩刀《みはかし》とりて、殿の抱き奉らせ給へるに続きて、まうのぼり給ふ」と元旦の行事が書かれている。

そして「このついでに、人のかたちを語り聞こえさせば」として女房たちのことが書かれていく。皇子の誕生を中心にした記録的な日記は終わるということだろう。

「このついでに、人のかたちを語り聞こえさせば」として書き始めることから、消息文とされている。

その部分は、

御文にえ書き続け侍らぬことを、よきもあしきも、世にあること、身の上のうれへにても、残らず聞こえさせおかまほしう侍るぞかし。けしからぬ人を思ひ、聞こえさすとても、かかるべいことや侍る。されど、つれづれにおはしますらん。またつれづれの心を御覧ぜよ。またおぼさんことの、いとかうやくなしごと多からずぞとも、書かせ給へ。見たまへん。夢にても散り侍らば、いといみじからむ。耳も多くぞ侍る。このごろ反故《ほんご》もみな破《や》り焼き失ひ、ひひななどの屋作りに、この春し侍りにし後、人の文も侍らず、紙にはわざと書かじと思ひ侍るぞ。いとやつれたる、こと悪き方には侍らず、ことさらによ。御覧じてはとう給はらん。え読み侍らぬ所々、文字おとしぞ侍らん。それは何かは、御覧じも漏らさせ給へかし。かく世の人ごとのうへを思ひ思ひ、果てにとぢめ侍れば、身を思ひ捨てぬ心の、さも深う侍るべきかな、なせんとにか侍らん。

［お手紙にうまく書き続けませぬことを、良いことも悪いことも、世間のできごとや身の上の辛いことでも、残らず申しあげておきたく思うのですよ。感心できない人のことを浮かべて申しあげるとしても、こんなに書いてよいものでしょうか。でもあなたは所在なくいらっしゃるでしょうから、私の所在ない気持をご覧ください。またお思いになるでしょうことで、こんなにもまた、役にも立たないことが多くなくても、お書きください。拝見いたしましょう。この手紙が万が一人目にふれることがございましたらたいへんなことでしょう。人の耳も多いことです。この頃は反古もみんな破り焼き捨て、雛遊びの家を作るのに、この春に使ってしまいまして

から後は、人からの手紙もございません。新しい紙には特に書くまいと思っておりますのも人目に立たないようにしております。それは別に悪い方のことではございません。わざとしているのですよ。ご覧になったらすぐお返しください。よくお読みになれない所々など文字が抜けていましょう。そんな所はしかたありません。お読みすごしください。このように世間の人の口の端を心配しいしい、書き読んでおりますと身を捨てきれない気持が、こんなにも深くあるものなのですね。いったいどうしようというのでしょう。」

と終わる。「聞こえさせ」と相手に向かう謙譲語が見られ、丁寧語の「侍る」が多く、物事を叙述する文体でなく、消息文であることが確認できる。

内容も、良いことでも悪いことでも、自分に辛いことでも、すべてあなたに申し上げたいというように、相手への信頼を書き、同時にここまで書いてきたことを他にもらさないように願っている。そしてこのように世間の人のことを気にしながら、この消息を閉じると、自分を棄てられない心がなんと深いことか。どうしようというのでしょう、と締めくくっているわけだ。

その消息の内容は女房たちの人物評が多く、個人名があげられて評される者は十一名に及んでいる。中宮彰子に仕える女房がほとんどだが、斎院の女房の中将の君、皇后定子の女房清少納言などにも触れている。

斎院に中将の君といふ人侍るなりと聞き侍る。便りありて、人のもとに書きかはしたる文を、みそかに人の取りて見せ侍りし。いとこそ艶に、我のみ世にはものの故知り、心深き類はあらじ、すべて世の人は心も肝もなきやうに思ひて侍るべかめる、見侍りしに、すずろに心やましう、公腹《おほやけばら》とか、よからぬ人のいふやうに、憎くこそ思う給へられしか。文書きにもあれ、「歌などのをかしからんは、わが院よりほかに、誰か見知り給ふ人のあらん。世にをかしき人の生ひ出でば、わが院のみこそ御覧じ知るべけれ」などぞ侍る。

と、自分だけが情緒を解する者のようにいっているが、手紙を見るとたいした人ではないと書いている。この評は中将の君の手紙を読んでのものだが、誰かに送った手紙を盗んだもので、つてがあって見たとある。私信を盗むことについては何もいっていない。女房社会はこういうことがしばしばあったと思われる。先に引いた消息の最後の部分の「反故もみな破り焼き失ひ」「紙にはわざと書かじ」などとあるのも、人にみられるのを警戒してのことである。

このように酷評するのは仕える対象の人ごと、いうならば仕事場ごとの共同性ができ、それぞれの女房たちの対抗意識もあると思われる。引用部につづいて斎院は歌を「すぐれてよしと見ゆることも侍らず」としており、さらに「さぶらふ人を比べていどまんには、この見給ふるわたりの人に、必ずしもかれはまさらじを。常入り立ちて見る人もなし」と女房たちを評している。「入り立ちて見る人もなし」というのは自分たちを客観的に見ていないということで、紫式部らしい見方を示している。

しかしこの対抗意識は仕える女主人が常に権力争いのなかに置かれているのだから当然のことだが、宮廷文化の特徴ともいえるものである。「競い合い」である。「競い合い」が宮廷文化を洗練させていく

（古橋『日本文学の流れ』岩波書店、二〇一〇年）。歌合わせ、貝合わせ、などは「競い合い」が表面にあらわれたものといえる。

『栄花物語』を書いたといわれる赤染衛門のことも書いている。

丹波の守の北の方をば、宮、殿のわたりには匡衡《まさひら》衛門とぞいひ侍る。ことにやんごとなきほどなれねど、まことゆゑゆゑしく、歌詠みとて、よろづのことにつけて詠み散らさねど、聞こえたるかぎりは、はかなき折節のことも、それこそ恥づかしき口つきに侍れ。ややもせば、腰はなれぬばかり折れかかりたる歌を詠み出で、えもいはぬよしばみごとしても、われかしこに思ひたる人、憎くもいとほしくも覚え侍るわざなり。

「宮、殿のわたり」とは中宮、道長のところではということだろうが、匡衡衛門と呼ばれていたという。式部は「丹波の守の北の方」と書いている。赤染衛門は女房といっても源雅信邸の娘倫子（藤原道長の北の方）に仕えていたので、宮中における噂の対象にはあまりならなかったのかもしれない。そういうこともあって、歌についてだけ触れられている。そして彼女の歌と比べて腰折れの歌の多いことを述べる。当時の歌詠みとして名があったからである。

女房たちの評をしたうえで、

かく、方々につけて、一ふしの思ひ出でらるべきこともなくて、過ぐし侍りぬる人の、ことに行く末の頼みもなきこそ、慰め思ふ方だに侍らねど、心すごうもてなす身ぞとだに思ひ侍らじ。その心なほ失せぬにや、物思ひまさる秋の夜も、端に出でゐてながめば、いとど月や古へほめてけんと、見えたるありさまを、もよほすやうに侍るべし、世の人の忌むといひ侍る咎をも、必ずわたり侍りなんとはばかられて、少し奥に引き入りてぞ、さすがに心のうちにはつきせず思ひ続けられ侍る。

と、何につけても一つとして思い出されるようなこともなく過ごしてきた自分はすさんだ心で世を過ごす身だとは思いますまい、と思ってもそういう心が消えないのだろうか、もの想いのます秋の月を端近でながめると、昔は月をほめたのだろうと他人に見られる老いた姿も、世間では忌むという不吉なことも起こるかとはばかられて、少し奥に引っ込んでも、心のうちにもの想いはつきない、と自分のことを振り返って考えてしまう。

斎院の中将の君は評はしても自分に帰ることはなかった。「入り立ちて見る」ことができて、客観的な評価ができる。式部は自分に帰ることで「入り立ちて見る」ことができている。

漢詩文の影響

紫式部は人を評することが自分に帰ってくる思考をするのである。そういうことができるようになった一つの要因として、左衛門《さいもん》の内侍といふ人侍り。あやしうすずろによからず思ひけるも、え知り侍らぬ心憂きしりうごとの、多う聞こえ侍りし。内裏《うち》の上の、源氏の物語、人に読ませ給ひつつ聞こしめしけるに、「この人は、日本紀をこそ読みたるべけれ。まことに才《ざえ》あるべし」とのたまはせけるを、ふと推し量りに、「いみじうなん才がる」と、殿上人などにいひ散らして、日本紀の御局とぞつけたりける、いとをかしくぞ侍る。この古里の女の前にてだにつつみ侍るものを、さる所にて、才賢《さか》し出で侍らんよ。

と、天皇（一条天皇）から「才」つまり漢詩文の造詣をもつことを評価されたことを、左衛門の内侍が元から式部をよく思っていなかったからだろう、漢詩文への造詣が深いことを自慢していると「日本紀の御局」とあだなをつけた、という。『源氏物語』を読んでそういうことがわかる一条天皇はなかなかの学識をもち、批評のできる天皇ということになるが、式部自身は実家でさえ隠しているのに、公の場でひけらかすことはありえないといっていても、素養は言葉の端々で分かるに違いない。とにかく天皇の認める「才」の持ち主であったのである。

このような紫式部の「才」、『源氏物語』への漢詩文への影響については、すでに今井源衛「源氏物語における漢詩文の位置」（『源氏物語の研究』未来社、一九六二年）があるが、さらに秋山虔「女流文学の精神と源流」（『源氏物語の世界』東京大学出版会、一九六四年）が、漢詩文への造詣すなわち学才は、律令国家の官人たちにとって「実務や世俗的な進退と直接的に」かかわり合うものであったのに対し、女たちにはそういう意味がなかったことにおいて無用であり、「無用であることに保証されて主体的な自己形成の貴重な栄養となりえた」と論じた。マルクス主義に始まる歴史社会学派の見方が成果をあげている論だが、平安期に女流の文学が隆盛したことの理由の一つを説明した論として、学ぶべきである。歴史社会学派は階級闘争史観のような歴史観で歴史や社会をみることで、むしろ近代からの視点を過去に押し付けていくことになり、衰退したが、文学も歴史、社会の生むものとして全体の中で位置づけようとした。このような発想は、文学を個人の固有性の営為とする今も通行している見方と真っ向から対立するもののはずである。構造主義的な発想もそうだ。見方、方法は現在自分が当然として受け容れているものを絶対視せず、相対化する契機となる。私自身はあらゆる文化は歴史的なものと考えている。その意味で、絶対的に正しい見方などない。そして私は「ひらがな体」という女の文体から考えてみるのがいいと思っている。

この漢詩文の造詣をもつことは、誰もがそうというわけにいかないが、和文を客観的に見る位置を作ることになる。中村真一郎や丸谷才一など、外国文学を専門にする学をもつ人がしばしば古典を含めた日本文学の批評ができることがあるのと通じている。

若い頃、もう亡くなられた西郷信綱さんに初めてお会いした時だったが、自宅に呼ばれたことがあった。話のなかで、古典文学の研究者は五か国くらい外国語を読めなければだめだといわれた。私は英語さえできなかったから畏れ入るばかりだったが、翻訳ではあるが、古典を含めた世界の文学はずいぶん読んでおり、それらと日本の文学とを対等にみていたから、いいたいことはわかった気がしつつも、外国語を読めなくてもかまわないと反発を感じたことを覚えている。

私は古典を読むことで、現代を相対化することを学んだ。その意味では、古典も西郷さんのいう外国語に当たることになる。同じ日本語だからといって、古典の文学を現代の文学と同じに読めるわけではない。西郷さんは『日本古代文学史』など、マルクス主義を持ち込んで古典を論じることをしたが、単に社会の反映として文学をみていたわけではなかった。

『紫式部日記』はこの部分に続けて、

この式部の丞《ぜう》といふ人の、童にて書《ふみ》読み侍りし時、聞きならひつつ、かの人は遅う読みとり、忘るる所をも、あやしきまでぞさとく侍りしかば、書に心入れたる親は「口惜しう、男子《をのこご》にてもたらぬこそ幸ひなかりけれ」とぞ、常に嘆かれ侍りし。

と、子供の頃親の為時が弟の惟規に漢詩文を教えているのを側で聞いていて、弟よりずっとできたので、男の子だったらよかったのにと嘆いたという話を書いている。式部は子供の頃から漢詩文を身に着けていたのである。

4　日記文学としての紫式部日記

自意識を書く

『紫式部日記』は一人称の文体を確立した。これは日記文学としては『更級日記』に受け継がれることは章をあらためて論じる。それはいわば自意識を表現の対象にしたことを意味する。紫式部が自分に返ることを繰り返し述べてきた通りである。物語文学についていえば、女三宮の子薫が柏木との密通の子であることを知り、かつての藤壺との密通を思い起こし、薫を見るとそれを意識してしまい、にもかかわらず、源氏がそれを隠さねばならない状態を書くのは自意識を書いている。また薫はそういう源氏にかわいがられているとは思えないと感じているようすを書いていくのも自意識である。自意識を書く対象にすることで、『源氏物語』は近代にも通じる問題を書くことが可能になった。

『紫式部日記』として意図的に書かれたものではなく、断簡を集めたものだから、書簡や随想的なものも入っているが、随想的なものはまさに一人称の文体といえるだろう。同時代では『枕草子』は随筆と呼んでもいい内実をもっているといえるかもしれないが、『枕草子』は物尽くし的な段が多く、自意識を書く対象として凝視しているとはいいがたいところがある。物尽くし的な段は、二十二段をあげれば、すさまじきもの。昼吠ゆる犬。春の網代。三四月の紅梅の衣。牛死にたる牛飼。稚児亡くなりたる産屋。火おこさぬ炭櫃《すびつ》。地火炉。博士のうち続き女児《をんなご》産ませたる。方違へに行きたるに、主《あるじ》せぬ所。まいて節分《せちぶん》などは、いとすさまじ。人の国よりおこせたる文の、物なき。京のをもさこそ思ふらめ、されどそれはゆかしきことどもを書き集め、世にある事などを聞けば、いとよし。人のもとにわざと清げに書きてやりつる文の返事今は持て来ぬらんかし、あやしう遅き、と待つほどに、ありつる文、立文《たてぶみ》をも結びたるをも、いと汚げにとりなし、ふくだめて、上に引きたりつる墨など消えて、「おはしまさざりけり」、もしは「御物忌とて取り入れず」といひてもて帰りたる、いとわびしくすさまじ。

と、すさまじきもの（時節などに外れている際に感じる不快な感じをあらわす）が列挙される。書き手がいろいろ考えて書いたでもいいが、貴族社会で考えるなら、女房たちが「すさまじきもの」として次々あげていく遊びと思われる。次第に一言でいえるものがなくなり、地方から手紙が来るのに物をつけてこない、などと具体的な行為になる。そういう例が出てくると、京だって同じよ、と誰かがいい、さらに京からの手紙は最新の情報があり、期待されているなどという発言が出て来るといった調子である。これは「競い合い」の文化の一つといっていい。

したがって、女房社会の共通の感じ方を書いているといえる。『枕草子』は平安期の女房達の共通の感じ方、考え方を書いている場合がほとんどで、書き手の自意識も基本的にそういうレベルのものである。

文学史における評価

『紫式部日記』は文学作品としてすぐれたものということはできない。一つの作品として統一したテーマもなく、断簡的だからである。もちろんこのような評価はわれわれの評価基準に基づくものでしかない。しかし古典の評価はある視点がなければできない。われわれは古代から近代まで多くの多様な作品をもっている。それらを文学史として繋げることをするべきだと、私は考えている。それには一つ一つの作品を一定の基準で評価したうえで、それらを繋げることができなければならない。私は文体の流れと時代の関心を文学史の指標と考えている（『日本文学の流れ』）。本書では一人称の文体を追ってきている。『紫式部日記』はその一人称の文体が自意識を書く対象にしたことを述べた。そしてその文体が『源氏物語』などの物語文学に受け継がれたことを述べた。

第四章　宮廷の恋愛生活――和泉式部日記

『土佐日記』に始まる女の「ひらがな体」の日記文学は、『蜻蛉日記』で私的な時間の側から書くことで物語と接近したが、一人称で書く文体を作っていった。漢文日記からくる事実を記録するという点では『紫式部日記』に展開したが、一人称で書くことが書き手の視点から書くことの徹底化をもたらし、批評する立場を確立させた。また感想を記すなどをもたらし、随想的なものにも展開した。この流れのなかで物語との接近をより進めたのが『和泉式部日記』である。

1　日記と物語

ジャンルとは

『和泉式部日記』は『和泉式部物語』とも呼ばれている。というより、現存する写本の圧倒的多数が『和泉式部物語』という表題をもっているという。しかし現存最古の写本であり、しかも善い本文をもっている三條西家本が『和泉式部日記』とあることで、通称となった。鎌倉時代の『本朝書籍目録』にも『和泉式部日記』とあることもあげられる（野村精一『和泉式部日記』解説。新潮社、一九八一年）。

こういうことをもって、日記文学や物語文学などと概念を立て、それによって作品を分けて考えるのは近代以降のものであって、その作品の時代を無視しているという批判がある。こういう問題を含め、作品を生まれた時代の考え方、感じ方、社会を支えるいわば世界観から考察すべきだということは、私は一九七〇代から主張してきており、本書の序章にも「古典の読み」として書いている。

鈴木貞美『日記で読む日本文化史』（平凡社新書、二〇一六年）によれば、「日記文学」という括り方は、明治後期に西欧のイッヒ・ロマンの受容によって始まった「私小説」「心境小説」の隆盛を背景になされたものという。それが平安期の日記文学と近代の私小説と結びつけるものになり、一つのジャンルとして認めていいと私は考える。文学史は各時代の個別性を並べるものではない。古代から近代までの変化を辿ることである。その時共通する性格を見出せるなら、旧来のジャンルに従ってみてもかまわない。私は『日本文学の流れ』（岩波書店、二〇一〇年）では旧来のジャンルによって作品を分けてそれぞれの流れを考えていった。文学という概念自体が平安期には漢文学を指すものであることは常識である。しかし私は文学史を考えてきたから、言語表現の働きを中心において「ひらがな体」という文体の括りを考え、そのなかに物語文学、日記文学を含め、日記文学は一人称を中心に書く文体で、三人称を中心にした物語の文体とは異なることから、文学史として俯瞰するには旧来のジャンルで成り立つと考えている。もちろん他の括りがあってもかまわない。

『和泉式部日記』と『和泉式部物語』の場合、私はどちらでもいいと考えている。日記文学が物語に接近して書かれた作品だから、日記の側から『和泉式部日記』といってもいいし、物語の側から日記に接近して書かれたとして『和泉式部物語』といってもいいと考えるのである。本書は日記文学を考えるものだから、『和泉式部日記』としておく。

しかし本書でみてきているように、『土佐日記』に始まる新しいジャンルとみなしていい日記文学は平安期には『更級日記』までこのジャンルの流れが文学史としてきわめて明確に辿れるので、『和泉式部日記』と呼んでいたい気がしている。

日記の時間

といっても、『和泉式部日記』は日付がほとんどない。書き出しの、

夢よりもはかなき世の中を、嘆きわびつつ明し暮らすほどに、四月十余日にもなりぬれば、木の下暗がりもてゆく。築地の上の草青やかなるも、人はことに目もとどめぬを、あはれとながむるほどに、近き透垣のもとに人の気配すれば、誰ならんと思ふほどに、故宮に候ふ小舎人童なり。

と「四月十余日」という日付が示されている。日付が示され、その日に何があったという書き方ではなく、まず「夢よりもはかなき世の中を嘆きわびつつ明し暮らすほどに、四月十余日になりぬれば」と、書き手自身の心の状態を述べ、そういうなかでの日付となる。こういう場合、この日は書き手にとって特別な日のはずである。そして、訪ねてきたのが「故宮に候ひし小舎人童」とあることで、その特別な日が亡くなった宮にかかわることらしいと分かる。書き出しに「夢よりもはかなき世の中」とあったか

ら、この宮とは恋愛関係だったことは推察される。したがって、この書き出し部は亡くなった宮との恋愛が宮の死によって終わり、嘆きの日々を過ごしている女を浮かべさせる。

諸注釈は和泉式部は為尊親王と恋愛関係にあり、親王は長保五年（一〇〇三）六月十三日に薨じ、それから一年経とうとしている四月という読みをしている。もちろん和泉式部のこととしてである。

それは『和泉式部日記』というタイトルによっている。『和泉式部物語』であっても変わりない。『日記』とした場合は「私は」と補いながら読めばいいし、『物語』とした場合は「和泉式部は」と読めばいい。ただ物語の場合はまず、いつ、誰がと時間と主人公が提示されるから、この書き出しは『日記』と読むほうがいいことになる。

四月十余日は和泉式部にとって特別な日だった。最後に逢った日かもしれないし、十余日が十三日で命日かもしれない。ということは、ここに示されている時間は暦の時間ではなく、和泉式部にとっての時間ということになる。俵万智の「『この味がいいね』と君がいったから七月六日はサラダ記念日」が詠んでいる時間と同じだ。

物語の書き出し

では、日記と物語は書き出しが異なるだけなのだろうか。そこで、物語の書き出しを確認してみる。

竹取物語――今は昔、竹取の翁といふ者ありけり。

伊勢物語――昔、男初冠して、奈良の京、春日の里にしるよしして、狩に出でけり。

大和物語――亭子院の帝、今はおりゐさせ給ひなむとする頃、弘徽殿《こきでん》の壁に、伊勢の御《ご》の書きつけける。

落窪物語――今は昔、中納言なる人の、娘あまた持ち給まへるおはしき。

うつほ物語――昔、式部大輔左大弁かけて、清原の王ありけり。

平中物語――今は昔、男二人して女一人をよばひけり。

源氏物語――いづれの御時にか、女御、更衣あまた候ひけるなかに、いとやんごとなき際にはあらぬが、すぐれて時めき給ふありけり。

堤中納言物語　このついで――春のものとてながめさせ給ふ昼つ方、大盤所なる人々、「宰相中将こそ、参り給ふなれ、例の御にほひ、いとしるく」などいふほどに、ついゐ給ひて、……、えならぬ枝に白銀の壷、二つつけ給へり。

同　花桜折る少将――月にはかられて、夜深く起きにけるも、思ふらむ所いとほしけれど、立ち帰らむも遠きほどなれば、やうやう行くに、小家などに例おとなふものも聞こえず、隈なき月に、所々の花の木どもも、ひとへにまがひぬべく霞みたり。

同　虫めづる姫君――蝶めづる姫君の住み給ふかたはらに、按察使《あぜち》の大納言の御娘、心にく〱なべてならぬさまに、親たち、かしづき給ふこと限りなし。

同　はいずみ――下《しも》わたりに、品いやしからぬ人の、事もかなはぬ人をにくからず思ひて、年ごろ経《ふ》るほどに、親しき人のもとへ行き通ひけるほどに、娘を思ひかけて、みそかに通ひありきけり。

だいたいだが、一応時代順にあげてある。『堤中納言物語』は十篇の物語を集めたもので、うち四篇だけ引いた。十篇に「昔」と始まるものはない。

『源氏物語』までは過去の時間が示され、主人公が示される。『大和物語』は、「亭子院のおりゐさせ給ひなむとする頃」と主人公、時間の提示がその行動で示されている。『源氏物語』以前では、物語は過去の時間と主人公の提示が共通している。したがって、何時、誰がと始まるのは定型をなしており、物語の本来の型を示していると考えていい。民間に伝えられた、いわゆる昔話もこの型である。

『堤中納言物語』の物語は、時間は示されず、『虫めづる姫君』と『はいずみ』は主人公が示されるが、『このついで』と『花桜折る少将』は時間も主人公も示されず、いきなり主人公の行動が語られる。『虫めづる姫君』も、「按察使の大納言の娘あり」というように主人公が示されるのではなく、「親たち、かしづき給ふこと限りなし」とすでに物語は始まっている。

したがって、『源氏物語』以降、物語は時間が示されなくなっているものが見出せる。さらに主人公も示されずに書き出されるものがあるということが分かる。それに対して日記文学は、『土佐日記』の「男もすなる日記といふものを女もしてみむとてするなり」と、女が書くことを示しているから、本文に入ると、「女」の一人称で書かれていると考えていい。したがって、この主人公さえも示されないという型は日記文学のものといえる。すると、平安後期の物語文学には日記文学の文体が取り入れられているといえるのである。

物語文学の書き出しが日記文学を取り込んでいることを述べたが、これは意図的でもあったことを思わせる例が、やはり『堤中納言物語』にある。『思はぬ方にとまりする少将』は、

昔物語などにぞ、かやうのことは聞ゆるを、いとありがたきまであはれに、浅からぬ御契りのほど見えし御《おほむ》ことを、つくづくと思ひつづくれば、年の積もりにけるほども、あはれに思ひ知られけむ。

と、一人称で語り手の序文といえる語る理由が書かれる。物語の書き出しは語り手が外から語るもので、この書き出しは日記や随筆のものである。そして次に、

大納言の姫君、二人ものしたまひし、まことに物語に書きつけたるありさまに劣るまじく、何ごとにつけても、生ひ出でたまひしに、故大納言の母上も、うち続き隠れ給ひにしかば、いと心細き古里に、ながめ過ごし給ひしかど、はかばかしく御乳母だつ人もなし。

と、女主人公の状況が語られて物語は始まる。ついでに述べておけば、『源氏物語』以降、平安後期の物語文学は目新しい書き出しなど、趣向に中心をおいたものが多い。『堤中納言物語』に収められた短

編を並べて考えると、その趣向中心という意図がよくわかる。この『思はぬ方にとまりする少将』は書き出し、そして二人の女主人公を並べたところに趣向があらわれている。

「昔物語などにぞ、かやうのことは聞ゆるを」は『蜻蛉日記』の序文を思わせる書き振りである。もちろんいいたいことは逆で、現実にはありそうもない物語の二人の主人公の縁のありがたさが実際あったということを語りたいというのではある。これは実際あったかどうかではなく、この物語にリアリティを与えるものとして書かれている。「物語に書きつけたるありさま」も、それを受けてありそうもないけれどほんとうのことだといいたいわけだ。『虫めづる姫君』も男の子のような姫君という『とりかへばや』と通じる、これまでにない設定であり、『堤中納言物語』全体がそうといっていい。平安後期はさまざまな趣向で書くことで物語文学を回復しようとしていった。そしてそれは日記文学を取り込れることで可能だったのである。

物語の時間と日記の時間

「ひらがな体」の日記文学の最初が『土佐日記』で、物語文学の最初を『竹取物語』とすると、物語文学が日記文学に先行する。『蜻蛉日記』が物語文学と接近することで日記文学を新しいものにしたのは、内容の一貫性という点にあることを先に述べた。そして『紫式部日記』は一人称で書くことを明確に意識化したものである。しかし一人称や三人称を動作の主体として書かない限り、日記文学の文体は物語文学の三人称で語ることと、日記文学の一人称で書くことの差異が区別し難く、不明瞭であった。

それは日記、物語を「ひらがな体」と呼べる文体が覆っているからである。「ひらがな体」は漢文体の文語体に対して口語を装った文体だった（古橋『日本文学の流れ』）。語るように書く、話すように書く文体なのである。話すには「私は」といわないですむ場合が多い。誰かの話をしていれば、その人の行動を主語を示さなくても通じる。

平安後期の物語文学にはこの口語体の不明瞭さが持ち込まれたことになる。それだけではない。物語文学は何時の話か、時間を示すものだったが、後期の物語文学には時間さえ示されなくなったものがあらわれている。

日記文学の時間は、まず物語のように、何時の話か示されているわけではない。月日が示されている場合はあるが、年が記されていないのである。『土佐日記』は毎日書かれており、月日ごとに記されることで日記であったが、年は「それの年」と漠然としたものにしている。「それの年」は「それ」の内容が共通の了解をもっているかのような書き方である。この場合は国司の任期が終わって帰京のため出発するというようなことだろう。それは国司たちに共通するものといえばいえるが、具体的に何年とないことで個別的な時間になっていないかのようにあらわれている。国司が帰京する時という一般性をもつことで、固有の土佐からの帰京の旅を弱めて単なる日記でなく、日記文学にしえたといっていいだろう。先に例をあげたように、「ひらがな体」の物語文学は「昔」「いづれの御時にか」というような漠然とした時間の提示の仕方をしていた。『大和物語』だけが「亭子の帝、今はおりゐさせ給ひなむとする頃」という固有の時間を示しているのは、説話的な性格をもつためであった。物語は事実か事実でないかの境界で語られるものだった。その意味で、固有のできごとを書くことで普遍性がどのように獲得できるかという問題が「それの年」という言い方をもたらしたのである。

『蜻蛉日記』の場合は男が求婚してきた年であり、『紫式部日記』は宮が出産した年である。それらが個別の年として記されていないことで、何時の場合の求婚や出産と通じるものとした。つまり書き手のまったく個別的な時間なのに、そうでないかのように書くことで、固有性を普遍的なものであるかのように書くことができた。この普遍性によって、個別的な内容を一人称で書けた。それが日記文学の時間である。

物語文学にこの日記文学の文体がもちこまれると、物語は過去に起こったできごとを語るものだが、そのできごとがあたかも書き手の体験した事実であるかのようにみえるだろう。一人称で語ることは事実性をもたらすのである。したがって、物語文学が日記文学の文体をとるとは、物語の事実性を保証する装いとして働いたとみていい。「ひらがな体」の物語が平安後期に薄めていたリアリティを復活させる試みでもあった。

日記、物語の主語

『和泉式部日記』は和泉式部と敦道親王との恋愛を書いたものだが、当時の貴族たちの恋愛生活とでも呼べるものを書いた作品といっていい。『蜻蛉日記』の書き手、『紫式部日記』の書き手と同じ中流貴族の娘が書き手になっている。彼女たちは女房として後宮の后、中宮たちに仕える階級に属している者たちでもある。そして彼女たちが物語文学の作者でもあった。『蜻蛉日記』『紫式部日記』は一人称で書いたと述べた。この『和泉式部日記』も一人称で書いている。これが物語文学との違いである。『落窪物語』の書き出し部を引いてみよう。

今は昔、中納言なる人の、娘をあまた持ち給へるおはしき。大君、中の君には婿取りして、西の対、東の対にはなばなとして住ませ給ふに、三、四の君に裳着せ奉り給はむとて、かしづき給ふ。また時々通ひ給ひけるわかうどほり腹の君とて、母もなき御娘おはす。北の方、心やいかがおはしけむ、仕うまつる御達《ごたち》の数にだに思さず、寝殿の放出《はなちで》の、また一間なる落窪なる所の、二間なるになむ住ませ給ひける。君達ともいはず、御方とはましていはせ給ふべくもあらず、名をつけむとすれば、さすがにおとどの思《おぼ》す心あるべしとつつみ給ひて、「落窪の君といへ」とのたまへば、人々も、さいふ。おとども稚児よりらうたくや思しつかすなりにけむ、まして北の方の御ままにて、はかなきこと多かりけり。はかばかしき人もなく、乳母もなかりけり。ただ親のおはしける時より使ひつけたる童のされたる女ぞ、後見とつけて使ひ給ひける。あはれに思ひかはして、片時も離れず。さるは、この君のかたちは、かくかしづき給ふ御娘などにも劣るまじけれど、出でまじらふことなくて、あるものとも知る人もなし。

「今は昔」と時間が提示され、女主人公の落窪の君が紹介されている。「後見とつけて使ひ給ひける」

と姫君に敬語が使われている。中納言、娘たち、継母とみな敬語が使われており、語り手にとってかれらは上流貴族であることが示されている。継母におとしめられているが、落窪の君もその一人なのである。というより「わかうどほりばら（皇族の血筋）」とあり、むしろ尊い血筋であった。したがって、主人公は三人称で語られている。つまり物語文学では三人称で語られ、日記文学では一人称で語られる。その意味でも、『和泉式部日記』は日記文学であった。

しかしそうとばかりは言い切れない。

思ひかけぬほどに、しのびてと思して、昼より御心まうけして、日ごろも御文取りつぎて参らする右近の尉《じやう》なる人を召して、「しのびてものへ行かん」とのたまはすれば、さなりと思ひて候ふ。あやしき御車にておはしまいて、「かくなん」といはせ給へれば、女、いと便《び》なき心地すれど、「なし」と聞こえさすべきにもあらず、……

と、「女」と三人称で書いている場合がしばしばある。この「女」は『土佐日記』序とは異なる、場面のなかの「女」である。男は敬語が使われているのに対し、この「女」といった場合も敬語はない。しかしそれは身分差を示しており、書き手を示すものではない。「女」と書かれるのは「愛の主題が高揚した時など特定の局面にかぎられる」（集成本頭注）という。この部分の書き出しの「思ひかけぬほどに、しのびてと思して」も、私（女）が思いがけないときに、男はしのんでとお思いになって、と男の主語も書かれていない。むしろ主語を示さない場合は主人公と考えればいいのである。女主人公もそうだといえないこともない。このあり方は『蜻蛉日記』もそうだった。

しかしこの場面はそうともいい切れない。確かに女が「思ひかけぬほどに」というのだが、これは男がそう考えていることを示し、以下の行動をするのであって、男の側から書かれている。したがって「女」とあるのは、主語が変り、以下女の側から書いていくと考えることもできる。書き手における視点の移動である。二人が主人公ならばかまわない。

男が誰であるかは、書き出し部の童の会話で、童が故宮の弟の帥の宮に仕えているとあることで示されていることになる。以下帥の宮は主語として書かれる場合は多いとはいえず、書かれないほうが多い。つまり主人公の宮と「女」は、二人の恋愛の話だから、主語は示されなくてもわかるという書かれ方をしている。その意味で、女だけを一人称の主語がないとはいえない。しかしこの引用部のように、男の考え、そして行動に対して、主語は示されないが、「女」が何を思いどうしたかが書かれるのを基本にしており、「女」がより中心的ということはできる。

この『日記』あるいは『物語』は女が宮のところへ召人として仕えることになり、そうなると北の方が出て行ってしまうというようにして終わる。

宮、入らせ給ふとてしばしこなたの格子は上げず。恐ろしとにはあらねど、むつかしければ、「今、かの北の方にわたし奉らん。ここは近ければゆかしげもなし」とのたまはすれば、下しこめてみそかに聞けば、「昼は人々、院の殿上人など参り集まりて、いかにぞ、かくてはありぬべしや、近劣《ちかおと》りいかにせん、と思ふこそ苦しけれ」とのたまはすれば、「それをなん思ひ給ふる」と聞こえさすれば、笑はせ給ひて、「まめやかには、夜などあなたにあらん折は用意し給へ。けしからぬものなどはのぞきもぞする。いましばしあらば、かの宣旨のある方にもおはしておはせ、おぼろけにてあなたは人もより来ず、そこにも」などのたまはせて、二日ばかりありて、北の対《たい》にわたらせ給ふべければ、人々驚きて、上に聞こゆれば、かかることなくてだにあやしかりつるを、なにの高き人にもあらず、かくとのたまはせで、わざと思せばこそしのびてゐておはしたらめ、と思すに心づきなくて、例よりものむつかしげに思しておはすれば、いとほしくてしばしはうちに入らせ給はで、人のいふことも聞きにくし、人の気色もいとほしうて、こなたにおはします。

宮が女を自邸に連れてきた場面である。最初に「宮」とあるだけで、女も北の方も主語が書かれていない。「のたまはせて」までが宮が式部とともにいる場面、「二日ばかりありて、北の方にわたらせ給ふべければ」からが宮が北の方とともにいる場面である。「北の方にわたらせ」とあることで、「思す」「思しておはすれば」の主語が北の方だとわかる。そして、

宮入らせ給へば、さりげなくておはす。「まことにや、女御殿へわたらせ給ふと聞くは。など車のこともものたまはぬ」と聞こえ給へば、「なにか、あれよりとてありつれば」とて、もののたまは

ず。

宮の上御文書き、女御殿の御ことば、さしもあらじ、書きなしなめり、と本に。

とこの日記（物語）は終わる。この場面、敬語も使われており、「さりげなくおはす」のは北の方である。「女」はいない。したがって、日記では書けない場面である。『紫式部日記』なら絶対書かない。物語の終わり方といえよう。

そしてこの終わり方はこれからの「女」の状態の不安、あるいは二人の恋の行く末の波風を語っている。「古物語」の幸せになる女とは程遠い。

女の意地

男がどうして車のこともおっしゃらないのですかといい、あちらから迎えにといっていますのでと応えるところで、この話は終わる。女が外出するには車が必要である。女が断ったわけではないが、迎えの車を待つ話が『大和物語』六十四段にある。

平中、憎からず思ふ若き女を、妻《め》のもとに率てきておきたりけり。憎げなることどもいひて、妻つひに追ひ出だしけり。この妻に従ふにやありけむ、らうたしと思ひながらえ止めず。いちはやくいひければ、近くだにえ寄らで、四尺の屏風に寄りかかりて立てりていひける。「世の中の、かく思ひのほかにあること、世界にものしたまふとも、忘れで消息したまへ。おのれもさなむ思ふ」といひけり。この女、包みに物など包み、車とりにやりて待つほどなり。いとあはれと思ひけり。

平中が憎からず思う女を連れてきたということでは『和泉式部日記』と同じである。しかし、妻が追い出してしまう。男は気が弱く、どうにもできない。女は出て行く用意をして迎えの車を待つ間、端近の部屋にいると、男は四尺の屏風の上から顔を出して、というように展開する。男は車に乗せて連れてきたはずで、車で送りたくても、妻に言い出せない。女はたぶん実家に迎えの車を出してもらうことにしたのである。

『堤中納言物語』の「はひずみ」に、古い妻が新しい妻に遠慮して出て行くのに、車を借りたいというが、男は牛の都合がつかない、馬ならというので、馬に乗って出て行くという話がある。身寄りのない女は「車なども、誰にか借らむ」と男に頼むのである。このような話から、女が男の家を出て行くときの場面の作り方の一つの様式として車を巡る話があったことがわかる。『大和物語』では妻が男を尻に敷いており、女は実家から迎えの車を待つ間の場面を書くことでダメ男を書き、「はいずみ」では身寄りもなく、控えめの女は誰にも借りるあてがなく、男に頼むが、牛が手配できず、馬に乗るというめったに見られない場面として書くことで、女のあわれさを語っている。

『和泉式部日記』では、身分が違う召人ではあるが、新しい女を連れてきたことに対する女の抗議であり、あなたの世話にならないという意地をみせている。

物語は場面の積み重ねで成り立つから、その場面を書くのに、この例のように別れでは車を巡ってさまざまな書き方になるのである。話の場面の様式であるということである。

2　和泉式部日記が書いたこと

物語の姫君

『和泉式部日記』は中流貴族の娘と親王との恋愛の物語である。『蜻蛉日記』序の「古物語」は没落した姫君が皇族か上流貴族の貴公子に言い寄られて結婚し、幸せになる物語としていい。現存する物語文学からもそう推定していい。たとえば『落窪物語』の落窪の君は「わかうどほり（わかんどほり）腹」、つまり皇族出身の母の娘であり、『源氏物語』の紫の上も兵部卿宮の娘である。物語は没落した姫君を女主人公にして成り立った。

発生的にいえば、初めての物語は神話、つまり神々の物語である。なぜならそれらの神々を祀る社会を支える物語だからこそ強制力をもち、語られ、伝えられてきたのである。神々の物語は語り継がれていくなかで、話型を形成していき、社会の要求に応じて物語は変化していくが、話型は受け継がれていく。そして物語の男主人公が英雄になり、女主人公は異郷の娘になっていく。『竹取物語』の女主人公は月の世界の女だった。継子いじめ譚は異郷の者がこの世でいじめられる話だ。奄美の継母口説《マンマクゼツ》は太陽の光線に射されて妊娠した女から生まれた子が何にでもすぐれていたため、地上の子に妬まれ、父親比べをさせられ、父親がいないから当然負け、父親のいる天に昇って力を得、この世にユタとして戻ってくるという展開で、ユタの起源になる話である。

物語の主人公はこの流れにある。主人公は尊貴の出自でなければならないのである。ただし継母口説にしろ男が貴種の血筋の物語で、女が貴種の血筋の物語は天羽衣系統の話、そして浦島太郎系統の異郷訪問譚など以外あまりない。女が貴種の物語は平安期に発達する。どうもそれは「ひらがな体」という文体、つまり女手と関係しているようだ。女手は女の書くかな文字である。女の側から書く「ひらがな体」として平安期に成立し、日本文学史上唯一女が文体をもった時代として女流文学を発達させた。没落した貴種の姫君はまさにその象徴だった。

そのように発達するには、恋愛文化において男中心の在り方が深く関係しているだろう。貴種の姫君といえども、親が亡くなり、後見がいなければ没落する。先に『蜻蛉日記』の養女とする兼家の娘、『大和物語』の清和天皇の孫の一条の君など、例が挙げられる。『落窪物語』の主人公落窪の君も皇族の孫であったし、『源氏物語』の末摘花は皇子の子だった。

和泉式部は貴種の姫君とはいえない。そこが日記文学のリアリズムである。できごとを記録する日記だから当然だ。「古物語」の零落している姫君に当たる中流貴族の娘たちは貴公子に言い寄られ結ばれても幸せなわけではないことを、『蜻蛉日記』は書いた。

『和泉式部日記』の和泉式部も『蜻蛉日記』の書き手も同じ中流貴族の娘である。その意味でも、『蜻蛉日記』が書き手自身を一人称で日記として書くことで、物語の姫君とは異なる、自分を主人公とすることが可能になったといっていい。その流れでいえば、『和泉式部日記』は日記文学なのである。

和泉式部日記の主人公

『和泉式部日記』の主人公は「女」である。基本的に女の側から書いているからだ。先に書き出し部を引いたが、人物紹介もなく、一人称で書かれていくのは日記のスタイルであった。しかし、これもすでに引いているが、「女」という三人称がしばしば見られる。その引用部が「女」と書かれる最初である。この場面は結局宮が強引に女と寝てしまう、初めて二人が通じるものだが、二人の関係を外から書くものになっている。

ところが「おはしまさむとおぼしめして、薫物などせさせ給ふほどに、侍従の乳母」が、身分の低い女との付き合いはそれに相応しくしろと宮を諫めることがあり、

からうじておはしまして、「あさましく、心よりほかにおぼつかなくなりぬるを、愚かになおぼしそ。御過ちとなん思ふ。かく参り来ること便悪《あ》しと思ふ人々あまたあるやうに聞けば、いとほしくなん、おほかたもつつましきうちに、いとどほど経ぬる」とまめやかに御物語し給ひて、「いざたまへ、今宵ばかり、人も見ぬ所あり、心のどかにものなども聞えん」とて、車をさし寄せて、ただ乗せに乗せ給へば、われにもあらで乗りぬ。人もこそ聞けと思ふ思ふ行けば、いたう夜更けにければ、知る人もなし。やをら人もなき廊にさし寄せて、下りさせ給ひぬ。月もいと明かければ、

「下りね」と強ひてのたまへば、あさましきやうにて下りぬ。「さりや、人もなき所ぞかし。今よりはかやうにてを聞えん。人などのある折にやと思へば、つつましう」など物語りあはれにし給ひて、明けぬれば車寄せて乗せ給ひて、「御送りにも参るべけれど、明かくなりぬべければ、外《ほか》にありと人見んもあいなくなん」とて、止《とど》まらせ給ふ。

女、道すがら、あやしの歩りきや、人いかに思はんと思ふ。曙の御姿のなべてならず見えつるも、思ひ出でられて、

「宵ごとに帰しはすともいかでなほ暁起きを君にせさせじ

苦しかりけり」とあれば、

「朝露のおくる思ひにくらぶればただに帰らん宵はまされり」

さらにかかることは聞かじ。よさりは方塞《かたふた》がりたり。御迎へに参らん」とあり。あな見苦し、常にはと思へども、例の車にておはしたり。さし寄せて、「はやはや」とあれば、さも見苦しきわざかなと思ふ思ふゐざりて出でて乗りぬれば、昨夜《きぞ》の所にて物語りし給ふ。

と、書き出しには主語がない。しかし前からの流れから宮だと分かる。人のいない所へと、車で女を連れ出す場面である。女は「われにもあらで」から「思ふ思ふいけば」までは主語がないが、女である。そして「下りさせ給ひぬ」以降もあり、ふたたび宮からの叙述である。次に「女」と女の側からの叙述になり、歌を贈る。宮の返歌に続く「あな見苦し、常にはと思へども」は女、そして宮が来て、「さも

見苦しきわざかなと思ふ思ふゐざり出でて乗りぬれば」は女、「物語し給ふ」は宮となる。

このように、『和泉式部日記』の文体は、主語が示されないのを基本とし、主人公である宮と女が書かれるが、宮の側から書く場合でも、女の想いを主語も変えずに書く。女の側から書く場合に、主語を示す場合もあるが、それも絶対とはいえない。当然女の側を中心に書いて、宮に変わる場合は主語もなく書かれていく、という構造になっている。

この引いた場面は女の元へ行こうとする宮を侍従の乳母が諫めるところから始まる。この場面は女にはわからない。宮の北の方との関係を語る場面もそうだ。つまり書き手は女の側からだけ書いているわけではない。『紫式部日記』が書き手が見ていない場面は書かないことを思い合わせると、これは日記ではない。主人公を恋愛する宮と女の両方から書いているのである。これは物語の文体である。『蜻蛉日記』も、書き手だけでなく、男の兼家もほとんど主語がなかったが、一貫して女の側から書いていた。したがって、書き出しは女の日記、恋愛の場面では物語ということになるだろう。ということは全体からいえば物語の文体ということになる。

したがって『和泉式部日記』は『和泉式部物語』とも呼ばれるように、日記と物語の中間のもの、物語の文体を取り入れて日記文学が成立した後、あらためて日記が物語に近づいたものということができる。

この文体は後期物語にこそ受け継がれることになった。

3　平安貴族の恋愛文化

恋愛の過程と終わり

『和泉式部日記』の「女」もいわゆる男女の幸せな結びつきとして書かれているわけではないことは、宮の北の方が出て行くことで終わることで確かである。男女の恋愛関係は、吉本隆明的に言えば対幻想である。対幻想として捉えることによって、世界的にも歴史的にも普遍的なレベルにしうる。それに対して、結婚は制度の問題で歴史的なものである。男優位の社会では、上流貴族の男たちは宮中に仕える女房たち、中流貴族の女たちなどをわがままに恋の対象として言い寄った。女たちはほとんど従わざるをえず、飽きられると通わなくなり、いわば捨てられることとなった。しかし子をもうければ『蜻蛉日記』の道綱が右大将になっているように、家に利をもたらした。『蜻蛉日記』の書き手は最上流貴族である藤原兼家と結婚するが、訪れることが少なくなり、やがてほとんど来なくなるまでを書いている。これは通い婚ともいえる結婚形態と関係している。

『蜻蛉日記』の場合は正式に結婚しており、結婚生活を書いているが、『和泉式部日記』は結婚ではない。宮という高貴な身分だからでもあるが、二人の関係を恋愛に限って書いている。「女」と書かれる場合がしばしばあることを述べたが、二人を対の対等の関係として書く場合である。ただし男は「宮」と書かれ、敬語の遣い方で差別されてはいる。しかし「女」はただ男に従っていたわけではない。結局召人になることを受け容れるのは自分の想いゆえでもあった。その宮が手元に置くことを提案し、女がためらいながらも承知する場面を引いてみる。

「いとかくつれづれにながめ給ふらんを、思ひおきたることなけれど、ただおはせかし。世の中の人も便なげにいふなり。時々参ればにや、見ゆることもなけれど、それも人のいと聞きにくくいふに、またたびたび帰るほどの心地のわりなかりしも、人げなくおぼえなどせしかば、いかにせましと思ふ折々もあれど、古めかしき心なればにや、聞こえ絶えんことの、いとあはれにおぼえて、さりとてかくのみはえ参り来まじきを、まことに聞くことのありて、制することなどあらば、空行く月にもあらん。もしのたまふさまなるつれづれならば、かしこへはおはしましなんや。人などもあれど、便なかるべきにはあらず。もとよりかかる歩きにつきなき身なればにや、人もなき所につい居などもせず、行ひなどするにだに、ただ一人あれば、同じ心に物語り聞えてあらば、慰むことやあると思ふなり」などのたまふにも、げに今さらさやうにならびなきありさまはいかがせんなど思ひて、一の宮のことも聞こえきりてあるを、さりとて山のあなたにしるべする人もなきを、かくて過ぐすも明けぬ夜の心地のみすれば、はかなきたはぶれごともいふ人あまたありしかば、あやしきさまにぞいふべかめる、さりとてことざまの頼もしき方もなし、なにかは、さても試みんかし、北の方はおはすれど、ただ御方々にてのみこそ、よろづのことはただ御乳母のみこそすなれ、顕証《けそう》にて出でひろめかばこそはあらめ、さるべき隠れなどにあらんには、なでうことかあらん、この濡れ衣はさりとも着やみなんと思ひて、「なにごともただ我よりほかのとのみ思ひ給へつつ過ぐし侍るほどの紛らはしには、かやうなる折たまさかにも待ちつけ聞こえさするよりほかのことなければ、ただいかにものたまはするままにと思ひ給ふるを、よそにても見苦しきことに聞こえさすらん、ましてまことなりけりと見侍らんなむ、片腹痛く」と聞ゆれば、「それはここにこそともかくもいはれめ、見苦しうは誰かは見ん。いとよく隠れたる所作り出でて聞えん」など頼もしうのたまはせて、夜深く出でさせ給ひぬ。

「いとかくつれづれにながめ給ふらん」は女が宮を待っている状態をいっている。宮は自分の身分から逢いに来ることのし難い状態を述べ、自分の所へ来てしまえという。女は言い寄ってくる男からも逃れたいと思い、頼りにできる男もおらず、ただ宮を待ち続けるしかないのだからと、受け入れるのである。一の宮のことはよくわからないが、出仕する話があったのだろう。女は北の方のことは意識しているが、宮に仕えるのであって、北の方とは別に暮らせると考えている。

この召人になることで、二人の恋愛の話は終わるのである。対としての男女の対等関係が終わるからだと考えてみていい。『和泉式部日記』は身分違いの男女が相思相愛になっていく過程を語るだけでなく、恋愛の終わりも語っている。結局恋愛は制度にからめとられざるをえないのである。

貴族たちの恋愛生活

『和泉式部日記』は歌のやり取りを中心に女が宮に魅かれていく過程を書いている。書き出し部が死別した宮のことを思い出している時に宮から使いが来、以降「雨うち降りて、いとつれづれなる日ごろ」に「折すぐし給はぬ」など、「折すぐさず」つまり時節に合い、女の気持を思いはかって和歌を贈ってきている。それが女が魅かれて行った大きな理由である。

この時節に合い、歌を贈りというのは文化である。男優位の身分制社会は上位の男が権力で女を性的な対象として自由にする面だけが取り出されがちだが、このように女に心を遣い、時節に合った歌を贈るなど恋愛文化とでも呼べる面が濃い。現代の携帯電話でしょっちゅう連絡を取り合い、逢っても互いに携帯を見ているのも恋愛文化である。

平安期の宮廷はまさに恋愛文化が隆盛な時代だった。時節を外すことは許されない和歌も恋愛文化の中心にあった。

恋愛は女房だけではない。評判が立った女たち、さらに若い娘がいるとわかれば、恋の対象にした。『大和物語』はそういう話がいくつもみられる。

故源大納言の君、忠房のぬしの御娘東の方を、年ごろ思ひて住み給ひけるを、亭子院の若宮につき奉り給ひて、離れ給うて、ほど経にけり。子どもなどありければ、言も絶えず、司じ所になむ住み給ひける。さて、詠み給へりける。

住の江の松ならなくに久しくも君と寝ぬ夜のなりにけるかな

とありければ、返し、

久しくも思ほえねども住の江の松やふたたび生《お》ひかはるらむ

となむありける。（十一段）

源大納言の君は陽成天皇の皇子源清蔭（八八四〜九五〇）。忠房は中流貴族の藤原忠房。その娘と結びつき、子供もいたが、亭子院が後見した醍醐天皇内親王韶子と関係ができたが、忠房の娘と続いていた。「すむ」は三日の餅もあり、関係が安定して続いている場合もいう。「思ひて住み給ひて」とあるから、愛情を持ち続けており、その結果子もできたのである。韶子との関係は韶子十三歳から三十三歳、清蔭四十七歳から六十七歳という（全集本頭注）。三十四歳の年齢差がある。次の段に二人のことが書かれており、「しのびて夜な夜な通ひ給ひける」とあるから、清蔭はそうとう熱をあげたのだろう。それでも忠房の娘の元へ通っていた。

『和泉式部日記』も強引に関係が成立する。その最初の場面を引いてみる。宮は突然やってきたので、帰すわけにもいかず、あげて話しているうちに夜も更けてくる。

かくて明かすべきにやとて、

「はかもなき夢をだに見で明かしてはなにをか後の世語りにせん」

とのたまへば、

「夜とともにぬるとは袖を思ふ身ものどかに夢を見るよひぞなきまいて」と聞ゆ。「かろがろしき御ありきすべき身にてもあらず。なさけなきやうには思すとも、まことにもの恐ろしきまでこそ思ゆれ」とて、やをらすべり入り給ひぬ。いとわりなきことどもをのたまひ契りて、明けぬれば帰り給ひぬ。すなはち、「今のほどもいかが、あやしうこそ」とて、

恋といへば世の常のとや思ふらん今朝の心は類だになし

御返し、

世の常のことともさらに思ほえずはじめてものを思ふあしたは

と聞こえても、あやしかりける身のありさまかな、故宮の、さばかりのたまはせしものを、と悲しくて思ひ乱るるほどに、例の童来たり。御文やあらん、と思ふほどに、さもあらぬを心憂し、と思ふほどもすきずきしや。

長くなるので引いていないが、宮は最初からものにしようという態度が見え見えである。端近に円坐《わらざ》を用意されると、「古めかしう奥まりたる身なれば、かかるところにゐならはぬを、いとはしたなき心地するに、そのおはするところにすゑ給へ。よも先々見給ふらん人のやうにはあらじ」と、宮中の奥で育てられたのでこんな端近には慣れていない、あなたのいる所へ入れてくれと迫り、夜更けてきて、このままで明かすべきではない、共寝もしないでいいものかと歌でいいかけ、結局関係を結んでしまう。女は抵抗もできない。そして翌朝、宮からの後朝の歌に、亡くなった為尊親王ともこうだったと思い出

すのである。しかし一方で手紙が来ないかと期待している自分に気づいている。

何回か手紙のやり取りがあって、最初に訪れた時のことである。宮は女の亡くなった元の恋人為尊親王への想いに取り入っている。『蜻蛉日記』の、兼家との仲が疎遠になった頃、兄の兼通が言い寄ってきたことがあった。男たちは常に機会を狙っていた。そういう文化の時代だった。

『多武峯少将物語』（『高光日記』）の、高光が突然出家して、残された妻に男から、

などか、この君をも山に入り給ひぬべきことはあらせ奉り給ひし、まろこそ、昔、山住みはせんと思ひしか。人に物思はせ給へりし報ひと思しめせよ。まめやかには、山に住み給ふよりも、止まりて一人寝し給ふころ、いかに眠ぶたからずと思ひ奉りて、
声高くあはれといはば山彦の相応へずはあらじとぞ思ふ

と手紙が来るのもそうだ。自分はかってあなたに言い寄り、応えてくれず出家しようと思わせられたがその報いと思いなさい、一人寝で眠れないようならいってくれという、なんとも傲慢な内容である。先に十世紀に「ひらがな体」のさまざまな試みが行われたなかに『多武峯少将物語』の書簡体もあることを触れたので引いた。「まろこそ」と一人称を書いている。手紙は自分のこと、相手のことと、一人称、二人称で書く部分が多い。こういう文章が一人称で書く日記文学の文体を形成していったのである。

江戸期のもの、また明治初期の頃のものに、地の文はいわゆる文語体で、会話は口語体のものが多く

ある。口語体で書くことはなかなかできなかった。文体を獲得するには時間がかかることがわかる例である。

第五章　人生を書く――更級日記

『土佐日記』で女の「ひらがな体」の一人称で日記を書くことが始まり、『蜻蛉日記』で物語の文体を取り込むことで一人称で書く文体が確立し、『紫式部日記』では一人称で書く主体が意識化され、記録に批評的な要素が出る文体になり、『和泉式部日記』では逆に物語へ接近するという、女が一人称で書く「ひらがな体」の日記の成立、展開をみてきたが、では『更級日記』では何が書かれたのだろうか。

1　紀行と日記

『土佐日記』は日記文学として成り立つために、時間を限定して赴任地から帰京する間の旅の日記、いうならば紀行文的な方向でテーマを定めた。『更級日記』はその方向を受けて父の赴任地上総国から帰京する旅のことより書き始められている。しかし『蜻蛉日記』が書き手の兼家との個別的な時間に限定して書くことにより、兼家とかかわるできごとがない日は書かないというようにして、暦の時間から離れて行った日記文学は日記としてどのように書けるかという課題をもつことになった。たぶん旅の日記に戻ったのは暦の日付に従って書かれている『土佐日記』を意識してのことだったに違いない。

『更級日記』は次のように書き始められる。

あづま路の道のはてよりも、猶奥つ方に生ひ出でたる人、いかばかりかはあやしかりけむを、いかに思ひ始めけることにか、世の中に物語といふもののあんなるを、いかで見ばやと思ひつつ、つれづれなる昼間、宵居などに、姉、継母などやうの人々の、その物語、光源氏のあるやうなど、ところどころ語るを聞くに、いとどゆかしさまされど、わが思ふままに、そらにいかでか覚え語らむ。いみじく心もとなきままに、等身に薬師仏《ほとけ》を作りて、手洗ひなどして、人間《ひとま》にみそかに入りつつ、「京にとく上げ給ひて、物語の多く候ふなる、ある限り見せ給へ」と、身を捨てて額《ぬか》をつき、祈り申すほどに、十三になる年、上らむとて、九月三日門出して、いまたちといふ所に移る。

自分を三人称化して説明する書き出しだか、「わが思ふままに（自分の思うように）」と、所有格で一人称が記されている。『蜻蛉日記』以降にあることが示されているといっていいと思う。

アヅマについては石川久美子のヤマトタケルにちなむ神話的な捉え方という論（平成二十六年度武蔵大学博士論文『歌の語る歴史』）があり、この場合その神話的な言葉から書き出されていることに文化の果ての向こう、つまりまったく非文化的な環境に育ったというニュアンスを感じる。それが「あやしかりけむ」である。ところが姉や継母の話から文化的な世界には物語があると知ったというのである。いわゆる文化的な世界を象徴する都へのあこがれが物語として語られているわけだ。それも「十三になる年」と自分の年齢まで書いている。ちょうど成人式を行うような年齢だろう。

したがって、この旅は非文化から文化へという願いを実現することが少女から大人への試練として書かれていると予想される。

九月三日と門出の日が記される。この門出は実際の出立ではなく、出立に当たってこれまで住んでいた邸の整理である。「いまだち」の「めぐりなどもなく、かりそめの茅屋《かやや》の、蔀《しとみ》などもなく」という仮屋に移り、十五日に出発する。そして

十七日の早朝《つとめて》、立つ。昔、下総の国にまのしてらといふ人住みけり。疋布《ひきぬの》を千むら万むら織らせ、曝らさせけるが家の跡とて、深き河を舟にて渡る。昔の門の柱まだ残りたるとて、大きなる柱、河のなかに四つ立てり。人々の歌詠むを聞きて、心のうちに、

朽ちもせぬこの河柱残らずは昔の跡をいかで知らまし

その夜はくろとの浜といふ所に泊まる。片つ方は広山なる所の、砂子はるばると白きに、風の音も月いみじうあかきに、風の音いみじう心細し。人々おかしがりて、歌詠みなどするに、

まどろまじ今宵ならではいつか見むくろとの浜の秋の夜の月

と「まのしてら」の屋敷跡を通ってくろとの浜までが書かれている。「まのしてら」は新大系の脚注は「まの（地名）のてう（長・長者）」としているが、地方の豪族、長者だろう。河の中に柱が残っているので、布を曝した家の跡と伝えているのを聞いた。このように旧跡を見聞きしている。そしてくろとの浜では風景を記している。ともに歌がある。

以下、地名はそうとう書き込まれているが、日付はほとんどない。これは単純に書くための資料がなかったということかもしれない。しかし通過した地名はそうとう書かれているのはどうしてだろう。メモが残っていたか、あるいは東海道の旅で通る地としてすぐ分かるものだったのかもしれない。というような説明は誤りではないが、作品の表現として読むという方向からは意味をなさない。地名の列挙としてみれば、神謡の巡行叙事の系譜にある道行的な叙述といえる。苦労して旅を続けてきたという試練になる。

季節は書かれていないわけではない。といって出立が九月十七日だから、秋の終わりで、主に冬に旅していたことになる。

沼尻といふ所もすがすがと過ぎて、いみじく患らひ出でて、遠江にかかる。さやの中山など、越えけむほども覚えず。いみじく苦しければ、天中といふ河のつらに仮屋作りまうけたりければ、そこにて日ごろ過ぐるほどにぞやうやうおこたる。冬深くなりたれば、河風けはしく吹き上げつつ、たへがたく覚えけり。

と病んだことが語られる。天中川は天竜川。そのほとりに仮屋を建てて数日間寝込んだという。冬で川風がきつかったと書いている。旅の試練である。

また、

二村の山の中に泊まりたる夜、大きなる柿の木の下に、庵《いほ》を作りたれば、夜一夜、庵の上に柿の落ちかかりたるを、人々拾ひなどす。宮路の山といふ所越ゆるほど、十月つごもりなるに、紅葉散らで盛りなり。

嵐こそ吹きこざりけれ宮路山まだ紅葉葉の散らで残れる

と三河の二村山、宮路山を書いている。十月末は冬の真っただ中なのに紅葉が盛りだとおもしろがり、地名を詠み込む旅の歌の様式に則って歌を詠んでいる。京と違っているというのだろう。このあたりの地名の順は事実と違っているというが、内容が詳しく書かれているわけではないので、事実を指摘することに意味を見出しえない。地名を書き記すことに意味をもたせればいい。地名が列挙されること自体に旅の困難さがあらわされているのである。

こうして京に入る。

粟津にとどまりて、師走《しはす》の二日、京に入る。暗く行き着くべくと、申の時ばかりにたちて行けば、関近くなりて、山づらにかりそめなるきりかけといふものしたる上より、丈六の仏の、いまだ粗造《あらづく》りにおはするが顔ばかり見やられたり。あはれに、人離れて、いづこともなくておはする仏かなと、うち見やりて過ぎぬ。

ここらの国々を過ぎぬるに、駿河の清見が関と、逢坂の関とばかりはなかりけり。いと暗くなりて、三条の西なる所に着きぬ。

旅からの帰宅が暗くなってからなのは、『土佐日記』二月十六日に「今日の夜《よゐ》さつかた（夕方）、京へ上る」とあり、当時の慣習であることが確認できる。

この京への旅は『更級日記』全体の二割弱に当たり、それなりの量が費やされている。なぜ旅から書く必要があったのだろうか。先に大人への試練としての旅と推測した沼尻における病がそれにあたると述べたが、それだけでは弱い。

そこで考えられるのは『土佐日記』との関係である。任地から京への紀行文を書くということでいえば、『土佐日記』の旅はほとんど風景を書くことはなく、もっぱら人を書いているのに対し、『更級日記』の旅は通過するそれぞれの土地の伝承や風景を書いており、紀行文らしくなっている。『土佐日記』を受けて、紀行文を書こうとしたということはできると思う。「ひらがな体」の紀行文の始まりといってもいいだろう。といって、「東路のはてよりも、猶奥つ方」から都へは未開から文化へとでもいえるわけで、その文化への旅が大人への旅（成人式）であることは動かない。

しかし帰宅して見る邸のようすは、

広々と荒れたる所の、過ぎ来つる山々にも劣らず、大きに恐ろしげなるみ山木どものやうにて、都の内とも見えぬ所のさまなり。ありもつかず、いみじうものさはがしけれども、いつしかと思ひしことなれば、「物語求めて、見せよ見せよ」と母を責むれば、三条の宮に、親族《しぞく》なる人の、衛門の命婦《みやうぶ》とて候ひける、たづねて、文やりたれば、珍しがりて喜びて、御前のを下ろしたるとて、わざとめでたき冊子ども、硯の箱の蓋に入れて起こせたり、うれしくいみじくて、夜昼これを見るよりうち始め、またもまたも見まほしきに、ありもつかぬ都のほとりに、誰かは物語求め、見する人のあらむ。

とたいそう荒れたものであり、すぐ物語を読みたいと母にせがみ、宮仕えしていた親類の女房から送ってもらったが、すぐ読み終えて、もっと読みたいのになかなか手に入らないと書く。

都で見た光景は旅と変りなく、また物語への憧れは都へ帰っても続いているというのである。したがって、この場面は大人への旅はまだ終っていないことを象徴している。そして物語への憧れが薄くなることが大人への旅の終りとなることを予感させる。

京の留守宅は荒れたものだったのは『土佐日記』もそうだった。しばしはそういうものだったのかもしれないが、『土佐日記』と呼応している。そしてたぶん留守にした家が荒れていたと書くのが様式だったと考えられる。

2　『更級日記』の時間

しかし『更級日記』は『土佐日記』と違って、帰京以降の生活を書いている。『土佐日記』が旅の期間に限定することで日記を文学にしたことを述べたが、帰京以降の生活を毎日記録するだけでは文学にならない。『蜻蛉日記』は兼家とのかかわりのみを書くことで文学にした。『更級日記』は取り立てて中心のテーマのようなものを指摘できない。それゆえむしろそういう限定をもたない日記を書こうとしたといえそうだ。そのほうが日記らしい。『紫式部日記』が随想的な方向を書き、日記から離れていったことはあった。そして『和泉式部日記』は物語へ接近していった。そういうなかで、『更級日記』は日記に踏みとどまろうとしたのではないか。そうでありながら文学であろうとしたとするなら、『更級日記』は何を語ろうとし、どのように書いていったのだろうか。

繋がらない時間

継母なりし人は、宮仕へせしが下りしなれば、思ひしにあらぬことどもなどありて、世の中恨めしげにて、他にわたるとて、五つばかりなる稚児どもなどして、「あはれなりつる心のほどなむ、忘れむ世あるまじき」などいひて、梅の木のつま近くて大きなるを、「これが花の咲かむ折は来むよ」といひおきてわたりぬるを、心の内に恋ひしくあはれなりと思ひつつ、しのびねをのみ泣きて、その年かへりぬ。いつしか梅咲かなむ、来むとありしを、さやあると、目をかけて待ちわたるに、花もみな咲きぬれど、音もせず。思ひわびて、花を折りてやる。

頼めしを猶や待つべき霜枯れし梅をも春は忘れざりけり

といひやりたれば、あはれなることども書きて、

猶頼め梅の立枝《たちえ》は契りおかぬ思ひのほかの人も訪《と》ふなり

先に続く帰京後すぐのことである。上総に同行し、物語の話をしてくれる継母との関係が切れることを語る。「宮仕へせしが」とあり、『蜻蛉日記』で地方に赴任する際、都の文化をよく身に着けた、人付き合いに慣れた宮廷の女房を連れて行ったことを述べたが、この継母もその可能性がある。それでも書き手には継母である。しかしなぜ菅原孝標は実母は置いて行ったのに娘を連れて行ったか疑問は残る。ただ「五つばかりなる稚児」は孝標の子ではないように思える。もしそうなら自分にとって血のつながらない弟であるが、孝標と継母の実子だから上総に連れて行ったはずで、別の場面では情のこもることを記すだろうし、また後にふれられることもあるのではないか。

帰京した年が「その年もかへりぬ」と記され、翌年の早春梅の花の咲く頃の再会の約束が守られなかったことをめぐる歌のやり取りが書かれる。そして、

その春、世の中いみじうさわがしうて、まつさとのわたりの月かげあはれに見し乳母《めのと》も、三月一日に亡くなりぬ。せむ方なく思ひ嘆くに、物語のゆかしさも覚えずなりぬ。いみじく泣き暮らして、見出だしたれば、夕日のいとはなやかにさしたるに、桜の花残りなく散り乱る。

散る花も又来む春は見もやせむやがて別れし人ぞ恋ひしき。

と、病が流行し、上総に同行した乳母が亡くなったことが語られる。十二月二日帰京、暮れのうちに継母との関係が切れ、翌年の春に流行した病で三月一日には乳母も亡くなるというように赴任地の生活にかかわる者がいなくなる。それゆえ物語への渇望も薄れている。これが次の試練に当たるかもしれない。そして、

かくのみ思ひ屈んじたるを、心慰めむと、心苦しがりて、母、物語など求めて見せ給ふに、げに自ずから慰みゆく。紫のゆかりを見て、続きの見まほしく覚ゆれど、人語らひもえせず、誰もいまだ都慣れぬほどにて、え見つけず。「この源氏の物語、一の巻よりしてみな見せ給へ」と心の内に祈る。

と、母が落ち込んでいる娘を心配して物語を求める。結局源氏物語が手に入って、書き手は夢中になって読んだことがリアルに書かれている。やはり物語が最高のものだった。以降、日付が多く記される。

この源氏物語を読む記事のすぐ後は、

五月一日頃、つま近き花橘の、いと白く散りたるをながめて、

時ならず降る雪かとぞながめまし花橘の香らざりせば

と、日付から始まり、花橘が散るのを見て歌を詠んだことだけが記されている。次は、

足柄といひし山の麓に、暗がりわたりたりし木のやうに、繁れる所なれば、十月ばかりの紅葉、四《よ》方《も》の山辺よりも異《け》にいみじうおもしろく、錦をひけるやうなるに、他より来たる人の、「今参りつる道に紅葉のいとおもしろき所のありつる」といふに、ふと、

いづこにもおとらじものをわが宿の世を秋はつるけしきばかりは

と、十月にとんでいて、とても日記とはいえそうもない。

書き手の住まいは帰宅してすぐの記述に、旅してきた山々が木が茂っていて暗いのと同じで都とも思えないと書いていた。訪ねてきた人が途中の紅葉のすばらしさをいっているから、住まいは街中ではない。訪問者がほめたのを、書き手は秋に「飽き」をかけ、この世を厭う景色なのだと歌に詠んでいる。十四歳のことである。

そしてまた物語のこと、夢に天照御神を夢に見たことなどが書かれ、次は、

三月つごもり方、土忌《つちいみ》に、人のもとにわたりたるに、桜盛りにおもしろく、今まで散らぬもあり。帰りて、又の日、

あかざりし宿の桜を春暮れて散りがたにしも一目見しかな

といひにやる。

と、翌年の三月にとぶ。

しかも、それぞれの記述が五月一日は庭の花橘のこと、秋は紅葉、三月つごもりは、たぶん家の修理かなにかの土忌で他の家にやっかいになり、そこで見た晩春に盛りに咲く桜のこと、というように、記事に直接的な関連がない。秋と三月の間に物語に熱中していることが書かれるが、それも前後と繋がらない。そのようにみてみると、継母のこと、乳母のことも繋がっているわけではない。したがって、京における時間は、われわれが日記を書いてみればよくわかることだが、一日一日が関連なく連なっているのと同じに、繋がらない時間が書かれているといえる。これはもっとも自然な時間の流れである。毎日さまざまなことがあり、それぞれは繋がっていることもあれば、まったく繋がっていないこともある。『更級日記』はその繋がっていない時間の相を書いているのである。そのように書くことで、人のこの世の生活を書いているようにみえる。

しかしならば毎日書いていったほうが繋がる時間と繋がらない時間は明瞭になるだろう。この日付のある記事には歌がある。たぶん書かれた日には歌のメモがあり、それにもとづいて書かれたとみていいだろう。それにしても書かなくてもいいのに書いていることの意味は変わらない。

その繋がらない時間はばらばらなわけではない。なぜならそういう時間を意識しているのは書き手自身だからだ。永承元年（一〇四六）か二年の頃の記事に、

二三年、四五年隔てたることを、しだいもなく書き続くれば、やがて続きたる修行者めきたれど、さにはあらず、年月隔たれるなり。

と物語のことばかり書いていると、年を隔っているのに続いていて、修行者みたいにみえるけれど、そうではないと書いている。同じことを続けて書くことは別のこともしているのにそれしかしていないようにみえることを自覚している。

つまり時間を繋いでいるのは書き手自身である。もちろんわれわれ自身もそうだ。このような人間認識は仏教的に言えば、無常ではないか。

読書に集中していても、書斎の窓の外のさざんか木に鵯がとまるのを一瞬とらえていたりする。意識とはそういうものだ。「しだいもなく書き続くれば」は脈絡もなくくらいの訳があたるが、こう書くことは書くことと書き手の意識のずれを自覚していることを示している。

繋がる時間

繋がる時間もある。物語もそうだが、物語に対する思いがある。上総において物語へのあこがれが語られ、京に行くことは物語を思うままに読めることだと語られ、帰京して母に物語を求め、継母との関係が切れ、乳母が流行り病で亡くなって落ち込んだのも物語に夢中になることで乗り越えた。そして京における日々が始まっても、物語へのあこがれは続いている。物語は書き手の繋がる時間を象徴するものになっている。先にかいた永承元年か二年の頃の記事にもそうあった。

しかしそのあこがれに影がさしてくる。それは帰京からまもない、物語にもっとも熱中しているさまを書いた「かくのみ思ひ屈んじたるを」と始まる場面にすでにあらわれている。

　夢に、いと清げなる僧の、黄なる地の袈裟着たるが来て、「法華経五巻《ごのまき》をとく習へ」といふと見れど、人にも語らず、習はむとも思ひかけず、物語のことをのみ心にしめて、……、

と、夢に仏教を習えと見たことを書いている。そして後になると次第に仏教に心を寄せていく。

ここまで上総からの旅、帰京して十四、五歳の頃までみてきている。以下物語のことを記述している記事をあげる。

治安二年（一〇二二）五月　十五歳。「夜更くるまで、物語を読みて起きゐたれば」

同年七月七日　「世の中に長恨歌といふ文を絵に描きてある所あんなりと聞くに」

同年　亡くなった姉のおかげで『屍たづぬる宮』といふ物語を得る。

万寿三年（一〇二六）～長元五年（一〇三二）の間　十九歳～二十五歳。「この頃の世の人は、十七八よりこそ経を読み、行ひもすれ、さること思ひかけられず、からうじて思ひよることはいみじくやんごとなく、かたちありさま物語にある光源氏などのやうにおはせむ人を年に一度《ひとたび》にても通はし奉りて、浮舟の女君のやうに、山里に隠し据ゑられて、花、紅葉、月、雪をながめて、いし心細げにて、めでたからむ御文などを時々待ち見むなどこそせめ、とばかり思ひ続け、あらましごとにも覚えけり」

長暦三年（一〇三九）　三十二歳。初出仕。「さこそ物語にのみ心を入れて、それを見るよりほかに、行き通ふ類《るい》、親族などだになく、古代の親どもかげばかりにて、月をも花をも見るよりほかのことはなきならひに、立ち出づるほどの心地、あれかにもあらず、うつつとも覚えで、暁にはまかでぬ」

長久元年（一〇四〇）　三十三歳。結婚直後の頃。「その後は、何となく紛らはしきに、物語のこともうち絶え忘られて、ものまめやかなるさまに心もなりはててぞ、などて多くの年月をいたづらにて臥し起きしに、行ひをも物詣をもせざりけむ、このあらましごととても、思ひしことどもは、この世にあんべかりけることどもなりや、光源氏ばかりの人はこの世におはしけりやは、薫の大将の宇治に隠し据ゑ給ふべきもなき世なり。あなもの狂ほし、いかによしなかりける心なり、と思ひしみはてて、まめまめしく過ぐすとならば、さてもありはてず」

永承元年（一〇四六）　三十九歳。宇治に行き、源氏物語を思い起こす。

康平元年（一〇五八）か　五十一歳か。「昔より、よしなき物語、歌のことをのみ心しめて、夜昼思ひて、行ひをせましかば、いとかかる夢の世をば見ずもやあらまし」

こう並べてみると、物語に心を尽くしていたのは二十歳代までといえる。それも、十代の頃から、仏教に心を寄せるべきではないかという想いもあった。十代の終わりから二十代にはその想いが強くなり、出仕する頃にはいわゆる世間知らずの自分を自覚し、悩んでいる。そして結婚ということになる。世間の人々は十七、八になると仏教に心を寄せるのが普通だったことも分かる。それがいわば青春の終わりだろう。書き手はそうはしなかったのである。

ここには物語から仏教へという流れも見える。康平元年の記事はもっと早く仏教に傾倒していれば、こういう物語にあこがれる非現実的な生き方をしないですんだという内省である。『更級日記』の終わりに近い。康平三年がこの日記の最後の記事になる。

ここから読めば、『更級日記』は物語にあこがれた青春時代が人より長かったが、それを脱して仏教に至りつく過程を書いたものになる。

先に述べたように、十三歳の時の東国から京への旅によって大人への試練が始まり、物語への憧れから脱することが終わるといえる。

3　更級日記の人生

宮仕えと結婚

長久元年に三十三歳で橘利通と結婚した後、「何となく紛らはしきに、物語のこともうち絶え忘れて、ものまめやかなるさまに心もなりはてて」となる。「まめやか」を真面目、現実的ととれば、物語へのあこがれは非現実的、空想的になる。物語に夢中になっていた非現実的、空想的な状態から出仕、結婚の現実的な状態へといってみれば、今もよくある大人になるといわれることと近い。

それにしても、三十三歳とは当時ではそうとうの晩婚である。言い寄ってくる貴公子はいなかったのだろうか。貴公子でなくても、言い寄ってくる男はいたに違いないし、親戚が紹介することだってあるだろう。長暦三年の初出仕の時、「さこそ物語にのみ心を入れて、それを見るよりほかに、行き通ふ類、親族などだになく、古代の親どもかげばかりにて、月をも花をも見るよりほかのことはなきならひ」と、親しく付き合う親類縁者もなく、年取った両親を見るだけで、と付き合いのなかった環境が書かれている。親が人付き合いが好きではなかったのかもしれない。それでも当時の貴族社会では言い寄ってくる男はいた気がする。そういうこともないのは案外それほど不思議なことではないのかもしれない。容姿が悪く、評判が立たなかったこともありうる。

長元元年（一〇三二）、常陸介に任命され下るに際して、父親が書き手に語る場面がある。父孝標は六十歳、書き手は二十五歳の時である。父は近い国なら連れていって海や山の景色も見せたいが、「我も人も宿世のつたなかりければ（私もおまえも運命が恵まれないので）」任国が遠くになってしまった、連れて行って私が倒れたらおまえは困るだろう、今は大人になったのだから、おまえが田舎の人になって、よくあることだが、京をさすらうことになるのはひどいことだ、京にいてもおまえを引き取ってくれる親類縁者などもない、かといっておまえを「さるべきさまにもてなしてとどめむとは思ひもよらず」と嘆く。最後の「さるべきさまにもてなして」は結婚して頼りにできる人をもつことだろう。そういう縁も期待できないというのである。二十五歳になっても独身である理由として、はかばかしい親類縁者がいないことがあげられている。

任期が終わり帰京した父は引退してしまう。母は尼になって別棟に住むようになり、父の世話は書き手がするようになる。それはよくないと、宮仕えを勧められるが、親は反対する。それでもよい縁もあるという人もいて、しぶしぶ許され、宮仕えに出るが、なじまず、また世間知らずを知らされる。十日ほどで帰ると、両親が炭櫃で暖まりながら、お前がいないと寂しいと言い出すという具合である。

物語へのあこがれが薄らぐのは宮仕えし、世間を知ることがあったが、直接的なきっかけとしては結婚があるように書かれている。結婚はどういう意味をもっていたのだろうか。まず結婚を暗示するとされる部分を引いてみる。

かう立ち出でぬとならば、さても宮仕への方にもたちなれ、世に紛れたるも、ねぢけがましき覚えもなきほどは、自づから、人のやうにも思しもてなさせ給ふやうもあらまし。親たちもいと心得ず、ほどもなくこめ据ゑつ。さりとて、そのありさまの、たちまちにきらぎらしき勢ひなどあんべいやうもなく、いとよしなかりけるすずろ心にても、ことのほかにたがひぬるありさまなりかし。

いく千度《ちたび》水の田芹を摘みしかば思ひしことのつゆもかなはぬ

とばかり独り言《ひとりご》たれて、やみぬ。

宮仕えにも馴れて、地味な性格でも悪い評判もたたないで普通に引き立ててくださることもあっただろうに、親たちが引き込めてしまったという。これが結婚を暗示していると諸注はしている。しかし結婚したからといって急にはぶりよくなるわけもなく、いくら誠意を尽くしても報われることもないと独り言してしまう、ということをいっている。

結婚が意志に添うものではないというのである。先に引いた長久元年の「物語のこともうち絶え忘れて」の最後に、「薫の大将の宇治に隠し据ゑ給ふべきもなき世なり。あなもの狂ほし、いかによしなかりける心なり、と思ひしみはてて、まめまめしく過ぐすとならば、さてもありはてず」と、薫に隠されたいという願いはありそうもない世と諦めるのだが、かといって現実的に真面目に過ごすことに徹しきれないと述べている。

宮仕えにもこわれるままに出ており、その宮仕えの記事が続く。しかも源資通と出会い、心を通わせている。結婚生活は書かれない。そして資通との淡い関係も終わり、今は昔のよしなし心も悔しかりけりとのみ思ひ知りはて、親のものへゐて参りなどせで止みにしも、もどかしく思ひ出でらるれば、今は一つに豊かなる勢ひになりて、双葉の人をも思ふさまにかしづきおほし立て、わが身もみくらの山に積み余るばかりにて、後の世までのことをも思はむと思ひはげみて、霜月の二十余日、石山に参る。

と、石山に詣でる。「双葉の人」とは俊通との子である。出産のことも書かれず、子が初めて記されている。この物詣は財を余るほど積む蔵を願っており、現世利益を求めている。

三日の参籠で、人に中堂から麝香《ざかう》をいただいたことを告げろ、という夢を見ている。そして永承元年（一〇四六）の大嘗祭の頃、初瀬に詣でる。こんな見物はめったにないのにといわれるが、「稚児どもの親なる人」、つまり夫の俊通は御前の好きなようにしろといってくれる。その夫の気持を「心ばへもあはれなり」と感じている。

以下鞍馬、石山、初瀬と物詣が続き、

何事にも心にかなはぬこともなきままに、かやうにたち離れたる物詣をしても、道のほどをおかしとも苦しともみるに、自づから心も慰め、さりともたのもしう、さしあたりて嘆かしなど覚ゆることどもないままに、ただ幼き人々をいつしか思ふさまにしたててみむ、と思ふに、年月の過ぎ行くを心もとなく、頼む人だに人のやうなる喜びしては、とのみ思ひわたる心地、頼もしかし。

と、物詣の途中の景色に心慰められ、嘆くこともなく、ただ子の成長を思って年月を過ごし、夫の任官の喜びがあればと思い続けているのを頼もしいと思っていると書く。結婚によって心が安定したということになろう。

この子の成長の願いと夫の赴任地が決まることは繰り返し語られるが、夫は信濃に赴任し、翌年の天喜六年（一〇五七）四月に一端帰京し、九月二十五日に発病し、そのまま亡くなってしまう。

十月五日に、夢のやうに見ないて思ふ心地、世の中に又類あることとも覚えず。初瀬に鏡奉りしに、ふしまろび泣きたる影の見えけむはこれにこそはありけれ。嬉しげなりけむ影は来し方もなかりき。今行く末はあべいやうもなし。二十三日、はかなく煙になす夜、去年《こぞ》の秋、いみじくしたてかしづかれて、うち添ひて下りしを見やりしを、いと黒き衣の上にゆゆしげなるものを着て、車の供に泣く泣く歩《あゆ》み出でて行くを見出して、思ひ出づる心地、すべてたとへむ方なきままに、やがて夢路に惑ひてぞ思ふに、その人や見にけむかし。

野辺送りには母や妻は行けない。任地に連れて行った二人の子仲俊が供をした。その息子の姿を見て任地へ出立する時を思い出したのである。

このように夫との関係は良好だったといっていいだろう。しかし夫との生活は少しも書いていない。初瀬詣でに行くのをみんなに反対されたとき、夫だけが「いかにもいかにも、心にこそあらめ」とあなたの気持ち次第でしょうといってくれたことだけである。しかも「稚児どもの親なる人」と子供からみた言い方である。もちろんこの時代夫をどう呼んでいたかははっきりしない。『蜻蛉日記』も特別な夫を指す言葉はみられない。『更級日記』では「たのむ人」といういい方が二例みられる。

親族に閉じられた人間関係

『更級日記』の登場人物はほとんど親族に限られている。結婚した夫でさえ「稚児どもの親なる人」と書かれ、結婚式の場面さえ書かれないのだ。宮仕えした先の同僚や春秋論争の歌を交わした源資通のこと以外ほとんど書かれない。資通についてはまた話したいと思い、向こうもそうだろうと書くが、かなわなかった。特に父との関係は先に常陸介赴任前の父の言葉に示されるように、緊密だった。母が出家後は父の世話をしている。いわば主婦の役割をしていたと思われる。そして姉が亡くなった後姉の子の世話もしている。兄、そして物語をくれたおばもいた。血は繋がっていない者では自分の乳母、姉の乳母とも成長後も交流しているが、死後は乳母子のこともいっさい書かれていない。また上総に同行した継母もいるが、出て行った後はそれほど交流は書かれていない。

このように『更級日記』の人間関係はほとんど親族に閉じられている。特に父母、姉とその子と、同居している家族との親密さが書かれている。同居していたかどうかはわからないが、夫も「稚児どもの親なる人」なのだ。

この血を中心にした家族に閉じられる方向は現実への不信と関係するだろう。物語への過剰な憧れは現実不信の裏返しでもあったのだ。

一人だけ、親しく交流していた友人はいた。

いにしへ、いみじう語らひ、夜昼歌など詠みかはしし人の、ありありても、いと昔のやうにこそあらね、絶えずいひわたるが、越前守の嫁にて下りしが、かき絶え音もせぬに、からうじてたよりたづねて、これより

　絶えざりし思ひも今は絶えにけり越のわたりの雪の深さに

といひたる返りごとに、

　白山《しらやま》の雪の下なるさざれ石の中の思ひは消えむものかは

と長く歌を交わし合ったりしていたが、越前の守の妻として下り、音沙汰なくなり、つてをたどり歌を交わしたことが書かれている。しかし、引用部にそうあるだけで他にはみえない。

他にもいたかもしれないが、書く対象になっていない。書き手は親族に閉じられる方向で書いているのである。

結婚する前、清水寺に参詣した時の夢に、別当が前世は清水寺の僧で、仏師として仏像をたくさん造り、その功徳で貴族の家に生まれた、御堂の丈六の仏はお前が金箔をはり終わっていないうちに亡くなり、別の人がはりあげて供養したと告げられることもあった。この別当は前に清水寺に参籠した際の夢

に、仏に帰依するように告げた別当と同じとみなしていいだろう。その別当が前世は清水寺の仏師としてたくさんの仏像を造った功徳でこの両親の元に生まれたことを教えてくれた。つまりこの家族は前世からの因縁ということになる。この夢について、「聖などすら、前の世のこと夢に見るはいとかたかるを」とわざわざ書き、夢の確かさを述べている。夢のお告げを信じる方向は神秘主義と繋がる。

『更級日記』の作者は御物本『更級日記』には藤原定家の符した奥書があり、『御津の浜松』（『浜松中納言物語』）『夜半の寝覚』の作者とある。『浜松中納言』は輪廻転生など神秘主義的な要素をもっている。『夜の寝覚』は姉妹が一人の男を争うといってもいい話で、人間の苦悩の深刻さを最も親密なはずの家族の物語として書いている。『更級日記』の閉じられた人間関係と通じている。『源氏物語』宇治十帖をより厳しくした世界だ。

物詣と夢

物詣はむしろ結婚してからが多い。全体で十回記述があるが、結婚してからが六回ある。結婚が三十三歳、夫との死別が五十一歳で十八年間で六回である。結婚前は京へ出てきたのが十三歳だが暮れなので十四歳とすると、三十三歳まで二十一年間に三回だが、近くの霊山に行く一例は除くと二回になり、結婚後のほうがそうとう多いといえる。

その結婚前の三回目は母に連れられて清水に籠る。しかし「例の癖は、まことしかべいことも思ひ申されず」とあり、物詣らしい願いや祈りをしていない。「例の癖」はこの場合、物語にとらわれており、神仏への想いが薄いことをさす。とすると、物詣に心を惹かれるようになるのは結婚以降といっていいだろう。先に述べたように、結婚後に「物語のこともうち忘れて」とあった。

しかし六回を多いといったが、十八年で六回は三年に一回のペースでそれほど多いようには思えない。ちなみに『蜻蛉日記』は十八年間で十回の物詣をしている。『更級日記』が多くみえるのは他の記述が少ないからである。先に物詣のことを続けて書くと修行者とみえるだろうが違うと書いていることを述べた。つまり『更級日記』は物語への憧れに代わって物詣をしばしばしたように書かれているのだ。たぶん神仏への信仰心を強調したいためであろう。

では、物詣によって書き手は何を祈願したのだろうか。

今は昔のよしなし心も悔しかりけりとのみ思ひ知りはて、親のものへゐて参りなどせで止みにしにも、もどかしく思ひ出でられるば、今はひとへに豊かなる勢ひになりて、双葉の人をも思ふさまにかしづきおほしたて、我が身も御蔵の山に積み余るばかりにて、後の世までのことをも思はむと、思ひはげみて、霜月の二十余五日、石山に参る。

石山寺に詣でる目的が、豊かになること、子を思うように育てること、後世を思うことをあげている。この「豊かなる勢」になることに夫が受領に選ばれることにもなるだろうか、それも祈願している。あまりにも当り前の願いで驚くほどだ。後世を願うことを除けば、われわれと変りない、現実的なものである。

それだけではない。夢のお告げを得ることも目的であったようだ。永徳五年（一〇四六）十月に初瀬に参詣するが、山辺の寺で、夢に、

いみじくやむごとなく、清らなる女のおはするに、参りたれば、風いみじく吹く。見つけて、うち笑みて、「何しにおはしつるぞ」と問ひ給へば、「いかでかは参らざらむ」と申せば、「そこは内にこそあらむとすれ。博士の命婦をこそよく語らはめ」とのたまふ。うれしく頼もしくて、いよいよ念じ奉りて、

と、宮中に仕えること、博士の命婦にいろいろ相談するように告げられる。帰京して間もない頃、夢で、

「この頃皇太后宮の一品の宮の御料に、六角堂に遣水をなむ造る」といふ人あるを、「そはいかに」と問へば、「天照御神を念じませ」といふ、

と見た。集成本の頭注は「観音を本地仏とする日神を祀る民間の祭祀活動が想定される」としている。具体的にはわからないが、天照御神を拝めとお告げを受けたわけで、書き手の信仰に関することであり、直接皇祖神とかかわるわけではない。宮中に天照御神が祀られていると聞いて、縁故のある博士の命婦

に見せてもらうことがあった。その時のことを、

燈籠の火のいとほのかなるに、あさましく老い神さびて、さすがにいとようものなどいひゐたるが、人ともおぼえず、神のあらはれたまへるかとおぼゆ。

と天照御神の像の前で博士の命婦と話したことを書いている。山辺の寺の夢以来、天照御神を拝むことになったのだろう。夢はこのように具体的にどうすればいいか教えてくれるものでもあった。

ついでに、後に「年ごろ。天照御神を念じ奉れと見ゆる夢は、人の御乳母して、内わたりにあり、帝、后の御かげに隠るべきさまのみ、夢解きも合はせしかども、そのことは一つかなはで止みぬ」と天皇か后の乳母として宮中に仕えるお告げと夢解きが合わせたが、適わなかったと書いている。やはり皇祖神としての天照御神ということになろう。

これらは結婚生活により現実的な方向に心が向かうように書かれていることと対応しつつも、矛盾するようにもみえる。物語から離れることが物詣、夢への傾斜にかわったに過ぎない。この天照御神のことにみられるように、物詣、夢に頼ることはむしろ神秘主義的な方向を思わせる。繰り返し述べたように、結婚生活については具体的に書かれていないのである。

ということは、先に神仏への祈願が富を得ること、子を思い通りに育てること、後世のことであること述べたが、それらと矛盾しているようにもみえる。そしてこの神秘主義的な方向のほうが強いように思

える。といってこの現実的な願いを嘘ということではない。むしろ神秘主義的な方向に傾斜することが、現実への願いをさせることになったとみるべきだろう。

日記と人生

『更級日記』は最後に、

年月は過ぎかはりゆけど、夢のやうなりしほどを思ひ出づれば、心地迷ひ、目もかきくらすやうなれば、その事はまだ定かにもおぼえず、人々はみな他に住み別《あか》れて、古里に一人、いみじう心細く悲しくて、ながめあかしわびて、久しう訪れぬ人に、

　しげりゆく蓬が露にそぼちつつ人に訪はれぬ音をのみぞ泣く

尼なる人なり。

　世の常の宿の蓬を思ひやれそむきはてたる庭の草むら

「夢のやうなりしほど」は夫との死別をいう。そしてみんな他に住み別れて、一人で暮らしていることの心細さ悲しさを述べ、長く訪ねてもくれない尼にその訪れてくれない寂しさを詠み、尼が自分のように出家した者はもっと孤独なのだと応える歌で終わる。書き手の孤独をもっと深く受け止めよといっているようだ。

このように終わることは、結局この世は一人なのだが、自分はこの世をそむき果てることもなかったということを語っているようにみえる。

『蜻蛉日記』が兼家との結婚生活を書くことだったのを受けて、『更級日記』は少女時代から結婚、そして子供とも離れ、夫も亡くなり、一人になるまで、いうならば人生を振り返って書くことをした。その日記を書くことによって示されたものがこの終わりにあるとみていい。すると、日記文学がどういうものだったか改めて分かる。漢文体の私日記に倣って日録として毎日書いていったものである『土佐日記』に対し、『蜻蛉日記』は上流貴族と結婚した中流貴族の女がどういう生活を送ったかを書いたのだから、振り返って書いているわけで、日付に従うものではなかった。日付に従って書かないのでは日記ではない。したがって『蜻蛉日記』が「日記」としているのは、繰り返し書いてきたように、一人称で自分の体験したことを兼家との関係に絞って書く記録である。ところが、過去に起こったことを書くのは物語がそうだった。物語と日記が似通ってくるのは当然のことだった。

したがって日記文学は書き手の体験したことを振り返って、一人称で書くものだといいうる。そこでふたたび、『蜻蛉日記』が身分の違う女の結婚生活を書いたとすれば、『更級日記』は何を書こうとしたかという問いが出されて当然である。物語に憧れてすごしてしまった半生を悔い、仏道に近づくことといえるだろう。夫も死に子とも別れて結局この世に一人になるのが人生なのだ。『源氏物語』の浮舟の結末と似ている。さらに思えば、『蜻蛉日記』が否定した物語への憧れの体験を書いている。そして物語に対置されるのは結婚生活ではなく、物詣である。つまり辛い現実に向き合うことをしない方向に向かった。この世に「そむきはて」る方向である。この方向から改めて振り返れば、宮仕へも結婚も出産もすべてこの世は一人であり、無常に行き着く以外ないように流れるようにみえる。『更級日記』はそういう人生を書いたのである。

といってそれは書き手の意図であって、家族に閉じられている人間関係、夢や物詣に価値を置く方向など、神秘主義に近づく要素を濃くもっていること、切れている時間の認識などもたぶん意識的に書かれている。日記文学としてはそういえる。

それにしても『蜻蛉日記』にしろ『更級日記』にしろ、一人称で書く日記は辛い人生ではないか。『紫式部日記』もそうだ。自分にこだわることはそういう人生をもたらす。今も同じだ。その意味がこれらの日記は普遍的なレベルに達していった。

4　更級日記の継母——国司の妻

最後に、継母について述べておきたい。『更級日記』を読んでいて、上総に下った時に継母が同行していることが気になる。父は子を連れて行っているのに、実母は京に残っている。どういうことなのか。滝沢貞夫「まま母考——『更級日記』のばあいなど——」(『中古文学』四九号、一九九二年六月)が国司の赴任に妻を連れて行くことを考察し、この継母について述べている。

継母継子の仲

滝沢は、継母が『宇津保物語』『落窪物語』などでは継子いじめする存在として登場し、「継母の腹汚なき昔物語」（『源氏物語』「蛍」）とされるように、嫌われることが多いが、「後期作り物語では、継母継子の人間模様は取り上げられることがなく」、「以前程流行しなくなった」としている。

滝沢は物語における継母の用例から導けることだけを述べており、それ以上ではない。鎌倉物語、室町物語にも継母継子はみられる。これは継母継子の仲が話型であることを示している。神話からいえば、異郷の貴公子か姫君は神の子であり、人の世ではいじめられるという話型から来ている。平安期の物語文学は「ひらがな体」の成長により、『蜻蛉日記』『紫式部日記』に示されているように、現実を書くことをし始めた。『和泉式部日記』で述べたように、書き出し部は語りの様式を避け、趣向に向かった。話型も語りの様式である。

『蜻蛉日記』にも書き手が夫兼家の娘を引き取る話があった。これも継母継子の関係である。いじめているようには見えない。現実においては継母、継子は当たり前にあった。つまり継子いじめの話は話型なのである。

そして滝沢は継母の用例は「いずれも継母が、父の今の北の方を指しており、例外は見当たらない」としている。継母継子が問題になるのは継母が北の方つまり正妻である場合だけだという。ここでも継母の用例から導けることだけしかいわれていないが、これは継母継子の関係が正嫡、遺産相続などとかかわっていることを示している。物語は継子を主人公にするから当然のことだ。

国司の妻

滝沢の論文は国司の妻の用例を集め、検討したところに大きな成果をあげている。『枕草子』「位こそ猶めでたきものはあれ」に、

女こそ猶悪《わろ》けれ。内わたりに、御乳母《めのと》は内侍のすけ、三位などになりぬれば、重々しけれど、さりとて程より過ぎ、なにばかりのことかはある。又おほやうはある。受領の北の方にて国に下るをこそは、よろしき人の幸の際と思ひて、めで羨むめれ。ただ人の上達部の北の方になり、上達部の御娘、后にゐ給ふこそはめでたきことなめれ。

と、国司の北の方になって任地へ下るのを一応身分のある女にとっては幸いとみられ、羨ましがられていたことが書かれている。「女こそ猶悪けれ」と男に比べて女はつまらないとして、後宮の乳母が三位になるのはいいが、盛りも過ぎても、それ以上は望めないといい、受領の北の方になって下るのをあげる。普通の人が上流貴族の北の方になったり、上流貴族の娘が后になったりするのはめでたいことだという。男は「若き身のなりいづる」、つまり自分から出世していくのに、女は男頼りだというのである。

滝沢はこの『枕草子』によって当時の一般的な評価を述べて、服藤早苗『平安朝の母と子』（中公新書、一九九一年）を引いて、「受領の北の方が夫の国内支配に精通し、家政全般をまかされ、多くの男性家司、従者を統括した」ことを指摘していると述べている。

そして『更級日記』の上総に同行した「継母」は高階成行の娘で、書き手の母が藤原倫寧の娘より身分も高く菅原孝標の北の方だったとする。受領は北の方を任地に連れて行ったというのである。書き手の母は一度も県歩きをしていないという。

この滝沢の論には疑問がある。『枕草子』の例は、「受領の北の方にて国に下るをこそは、よろしき人の幸ひの際と思ひて、めで羨むめれ」といっているので、受領の北の方がうらやましいといっているわけではないのではないか。赴任先の家政はむしろ現地の女を雇うほうがいいかもしれない。留守宅の管理のほうが重要と思える。『源氏物語』の光源氏が須磨へ下らされた際、紫の上が荘券などの管理を托されている。国司の妻はみやびな都風の文化を伝えることにこそ役割があったように思える。

「宮仕へせし」人

『更科日記』の継母は「宮仕へせし」人であった。帰京した時の「広々と荒れたる所の」で始まる一連の文の次に、

> 継母なりし人は、宮仕へせしが下りしなれば、思ひしにあらぬことどもなどありて、世の名中うらめしげにて、他にわたるとて、五つばかりなる児《ちご》どもして、「あはれなりつる心のほどなむ、忘れむ世あるまじき」などいひて、梅の木のつま近くて、いと大きなるを、「これが花咲かむ折は来むよ」などいひおきてわたるを、

と、宮仕えしていた人が地方に下ったので、思い通りにいかないことがあって、夫婦仲が悪くなって、他の男と結婚したとある。「五つばかりなる児」を集成本頭注は「父と継母との間の子」とする。もしそうなら、書き手にとって異母弟にあたるわけで、上総にいる時も、旅でも、そして以降登場しないのが気になる。

継母は帰京直後に離婚したことになる。ということは上総にいた頃から夫婦仲がうまくいっていなかったとみていい。その理由を「宮仕へせしが下りしなれば」とあるから、都風の女で田舎になじまなかったということである。

『蜻蛉日記』の事でふれた『大和物語』三十八段の清和天皇の孫である一条の君も「よくもあらぬこと」があって、壱岐の守の妻となって下っている。『大和物語』には全三段に登場し、いずれも歌が載せられている。一条の君は血筋だけでなくみやびな女だった。

壱岐守が赴任するに際し、醍醐天皇の后褒子に仕えていたが、ちょうどよくないことがあった一条の君が国司の妻として求められたのである。家政もあるが、都風の教養、態度が求められたからと思われる。

『後拾遺和歌集』に、

大江公資の相模の守に侍りける時、もろともにかの国に下りて、遠江守にて侍りける頃忘れにければ、異《こと》女をゐて下ると聞きてつかはしける　　相模

逢坂の関に心は通はねど見し東路はなほぞ恋しき

の例があり、相模は相模守の時だけ大江公資に従って下った。相模という女房名も、その時に由来するのだろう。『更級日記』の「継母」も女房名を上総といった。

『万葉集』巻十六の、「安積山影さへ見ゆる山の井の浅き心をわが思はなくに」の左注に、

右の歌は、伝へて云はく、「葛城王の陸奥国に遣さえし時に、国司の祇承《しじょう》緩怠《おほろか》なること異に甚だし。時に王の意に悦びず。怒の色面に顕る。飲饌を設けども、肯《あ》へて宴楽せず。ここに前の采女あり。風流《みや》びたる娘子《をとめ》なり。左の手に觴《さかづき》を捧げ、右の手に水を持ち、王の膝を撃ちて、この歌を詠みき。すなはち王の意解け悦びて、楽飲すること終日なり。

という話があり、前采女によって王の心が解けたという。前の采女はかつて都で宮中に努めた美女である。都風の歓待をしたのである。これは奈良時代の話だが、国庁の儀礼、宴などで都風を身に着けた女が必要だったと思われる。

宮仕えしていて地方に下る例は『拾遺和歌集』巻六「別」に、

天暦御時、小弐命婦豊前にまかり侍りける時、大盤所にて餞《はなむけ》せさせ給ふに、かづけ物賜ふとて　　御製

夏衣たち別るべき今夜《こよひ》こそひとへに惜しき思ひ添ひぬれ　（三〇五）

共政朝臣肥後守にて下り侍りけるに、妻の肥前が下り侍りければ、筑紫櫛、御衣など賜ふとて　　天暦御製

別るれば心をのみぞつくし櫛さして逢ふべきほどを知らねば　（三一〇）

天暦御時、御乳母肥後が出羽の国に下り侍りけるに、餞賜ひけるに、藤壺より装束賜ひれるに添へられたりける　　よみ人しらず

行く人をとどめだかみの唐衣たつより袖の露けかるらん　（三一一）

同じ御乳母の餞に、殿上の男《をのこ》ども女房など別れ惜しみ侍りけるに、御乳母少納言

惜しむとも かたしや別れ心なる涙をだにもえやはとどむる　（三一二）

と見られる。二首目の共政は出自不明だが、「妻の肥前が下り」とある。この三事例は女の名が豊前、肥前、肥後と地方の国名であり、出身が国司階級であることが知られる。豊前、肥後も夫が国司として下るのに同行したのだろう。天皇の側に仕え最高のみやびを身につけた女たちである。

『古今和歌集』巻八「離別」に、

唐衣たつ日は聞かじ朝露のおきてし行けば消ぬべきものを　（三七五）

この歌は、ある人官《つかさ》を賜はりて、新しき妻《め》につきて、年経て住みける人を捨てて、ただ明日なむ立つとばかりいへりける時に、ともかうもいはで、詠みて遣はしける。

と、任地に下るのに「新しき妻」を連れて行く例がある。長年親しくしていた妻には出立の前の日に連絡してきただけで、妻もなにもいわず歌だけ贈ったという。この妻は明日立つといってきたのだから、同居していない。「住みける人」は関係が安定している妻のことで通っている場合もいった。たぶん三日の餅をしている関係である。『蜻蛉日記』の書き手もこういう関係である。そういう妻を置いてわざわざ新しい妻を連れて行くのだから、たぶん宮仕えをしていた女か、都風の文化を身に着けた女と思われる。

この話は「新しき妻」と明確に書いており、滝沢のいう北の方とみていいか疑問がある。やはり国司の妻の資格として重要なのは都風の文化を身につけていることではないか。

そのようにみられるならば、『枕草子』の「受領の北の方にて国に下るをこそは、よろしき人の幸の際」は、任国では国司の北の方となって最高の身分で尊敬されることをいっているが、それにはみやびを身につけていなければならず、宮仕えをする女房の仕事としてふさわしいことをいっていると考えられるのではないか。

第六章　天皇の死の記録——讃岐典侍日記

女の日記が『更級日記』の後どうなったかをみてみたい。これまでみてきたものとは異なる、嘉承二年（一一〇七）～天仁元年（一一〇八）の日記である『讃岐典侍日記』がある。書き手である讃岐典司は父藤原顕綱が讃岐守だったことがあり、また後宮内侍所の二等官で四位相当である典侍だったので讃岐典侍と呼ばれた。『中右記』康和四年（一一〇二）正月一日状に「今朝供御薬、陪膳新典侍藤原長子安顕綱女也、夜前任典侍」とあることで、前年の末典侍になっていることが知られる。藤原長子が本名である。

ついでに述べておけば、顕綱の父参議正三位兼経でその父は道綱である。『蜻蛉日記』の作者を母とする。

1　堀河天皇の看病

『讃岐典侍日記』上巻は堀河天皇の看病から崩御までの宮中日記である。

五月の空も曇らはしく、田子の裳《も》裾《すそ》もほしわぶらむもことはりと見え、さらぬだにものむつかしき頃しも、心のどかなる里居に、常よりも、昔今の事思ひ続けられてものあはれなれば、はしを見出だして見れば、雲のたたずまひ空の景色、思ひ知り顔にむら雲がちなるを見るにも、「雲居の空」といひけん人もことわりと見えて、かき暗さるる心地ぞする、軒のあやめの雫もことならず。山ほととぎすももろともに音《ね》をうち語らひて、はかなく明くる夏の夜な夜な過ぎもて、石の上古りにし昔のことを思ひ出でられて、涙とどまらず。

思ひ出づれば、我が君に仕うまつる事、春の花、秋の紅葉を見ても、月の曇らぬ空をながめ、雪の朝《あした》御ともに候ひて、もろともに八年《やとせ》の春秋仕うまつりしほど、常はめでたき御事多く、朝の御行ひ、夕べの御笛の音、忘れがたさに、慰むやと、思ひ出づる事ども書き続くれば、筆のたちども見えず、きりふたがりて、硯の水に涙落ちそひて、水茎の跡も流れあふ心地して、涙ぞいとどまさるやうに、書きなどせんに紛れなどするとて書きたる事なれど、姨捨山《をばすて》に慰めかねられて堪へがたくぞ。

と書き出される。序文にあたる。堀川天皇の側に八年仕えていた書き手が亡くなった帝の思い出を書けば心も慰められることもあろうと、筆を執ったという。

しかし書かれていくのは「めでたき御事」ではなく、

六月二十日のことぞかし、内は例さまにも思しめされざりし御景色、ともすればうち臥しがちにて、「これを人は悩むとはいふ。など人々は目も見立てぬ」と仰せられて、世を恨めしげに思したりしものを、事重らせさせ給はざりし折、御祈りをし、つひにありける御事をも譲り参らせらるると、我がさたにも及ばぬ事さへぞ覚ゆる。

と天皇が病に悩むさまが書かれていく。今思うと、もっと重くならないうちに譲位して静養すればよかったのにと、自分が考えることではないことまで思われると書く。この六月二十日が病が重くなっていく時だったのだろう。「我がさた」と一人称が明瞭に示されている。

そして、

かくて七月六日より、御心地大事に重らせ給ひぬれば、誰も、月頃とても例さまに思しめしたりつる事はかたきやうなりつれども、これがやうに苦しげ見参らする事はなくて過ぐさせ給へる。かくおはしませば、いかならんずるにかと、胸つぶれて思ひあひたり。その頃しも、上臈《じやうらふ》たち障りありて候はれず。あるは子産み、あるは母のいとま、今一人はとくよりも籠りゐてこの二三年参られず。御乳母《めのと》たち、藤三位、ぬるみ心地患ひて参らず。弁の三位は東宮の母もおはしまされで生《お》ひ立たせ給へば、心のままに候はるべくもなきにあはせて、それもこの頃瘧《おこり》心地に患ひて、ただ大臣殿の三位、大弐の三位、我具して三人候ふ。されば、ただあやしの人の患ふだに人のいと参り、親しく扱ふ人多く欲しきに、これはまして欲し。

と病が重くなった頃のことが書かれている。七月六日が様態が重くなった日なのである。天皇の側に仕える上臈たちは出産だったり母の喪だったりで自分を含めて三人しかいなかったという。逆に、自分が最後まで側に仕えたということである。

この後、その日の暮れてから、明け方のことが詳しく書かれている。父の白河院も来ており、譲位のことも話されている。危篤状態だったのである。

大弐の三位、長押《なげし》のもとに侍らひ給ふを見つかはして、「おのれはゆゆしくたゆみたるものかな。我は今日明日死なんずるは知らぬか」と仰せらるれば、「いかで、たゆみ候はむずるぞ。たゆみ候はねど、力及び候ふ事に候はばこそ」と申さるれば、「何か、今たゆみたるぞ。今こころみん」と仰せられて、いみじう苦しげに思したりければ、片時御傍ら離れ参らせず、ただ我、乳母などのやうに添ひ臥し参らせて泣く。あないみじ。……。いとかく、何しに馴れ仕うまつりけんと、悔しく覚ゆ。参りし夜より今日までの事思ひ続くる心地、ただ推し量るべし。こはいかにしつる事ぞと悲し。

天皇は側に仕える女たちにたるんでいると難癖をつけそれに女が応えている。死の床にある天皇と側に仕える上臈のどうしようもない受け答えが書かれてリアルなので引いてみた。天皇のこういうようすが書かれることはなかっただろう。

堀河天皇はこの日より十三日後の七月十九日に崩御した。『中右記』嘉承二年（一一〇七）七月十九日条には、

主上辰刻許已断給也。但先自唱大般若法華経号、并不動尊宝号。次唱釈迦弥陀宝号。向西方給。身体安穏只如入睡眠給也。

と記している。『讃岐典侍日記』では、

殿（関白忠実）、御覧じ知りて、「今はさは院に案内《あない》申さむ」と申させ給へば、民部卿こなたに召して、殿、御簾《みす》押し上げ、ものしのびやかに、いかに仰せらるるにか、仰せらるれば立たれぬ。大臣殿よりて、「今は何のかひもなし」とて、御枕直して、抱き臥させ参らせつ。殿たち、みな立たせ給ひぬ。僧正なほ御傍らに添ひゐ給ひて、何の事にか、しのびやかにつぶつぶと申し聞かせ給ふ。かかるほどに、日、はなばなとさし出でたり。日のたくるままに、御色の日ごろよりも白く、はれさせ給へる御顔の清らかにて、御鬢《びん》のあたりなど、御削りぐししたらむやうに見えて、ただ大殿籠りたるやうに違ふことなし。

とある。院は父の白河院のことで、忠実が民部卿の源俊明に院の御所に報告に行かせている。それが

「院に案内申さむ」だと思われる。最後の「大殿籠りたるやうに違ふことなし」が『中右記』の「身体安穏只如睡眠也」と対応している。亡くなって時間が経たない頃の定型的な言い方である。『中右記』は仏の名号を唱えているが、「ひらがな体」では一切書かれていない。漢文体と「ひらがな体」の違いといっていいかもしれない。儀礼の具体的な場面は漢文体の日記の記録する役割であろう。「ひらがな体」は書き手に引き寄せて書くのである。

そういう場面がないのでわからないが、死体の顔が髪も整っており、清らかとあるのは死に化粧をしているからだろう。

2　幼帝鳥羽天皇に仕える

『讃岐典侍日記』下巻は鳥羽天皇に仕える宮中日記である。

かくいふほどに十月になりぬ。弁の三位殿より御文といへば、取り入れて見れば、「年ごろ宮仕へせさせ給ふさま、御心のありがたさなど、よく聞きおかせ給ひたりしかばにや、院よりこそ、このうちにさやうなる人の大切《たいせち》なり、登時参るべきよし仰せごとあれば、さる心地せさせ給へ」とある、見るにぞあさましく、ひがめかと思ふまであきれられける。

と書き出される。弁の三位は堀河天皇の乳母で、鳥羽天皇には東宮時代から仕えていた。その弁の三位から白河院の命で、新帝に仕えるようにという手紙がきた。引き受けるかどうか迷い、結局は出仕することになる。新帝の即位、帳《とばり》あげ（褰帳《かんちょう》）、陪膳など書かれるが、当然のことながら宮中に行っても先帝の思い出ばかりであり、下巻は先帝への思慕が語られているといってもいい。

褰帳を勤めた場面を引く。

日高くなるほどに、「行幸なりぬ」とてののしりあひたり、殿ばら、里人など、玉の冠《かうぶり》し、あるは錦のうちかけ、近衛府《このゑづかさ》など、鎧《よろひ》とかやいふもの、着たりしこそ、見もならはず、唐土《もろこし》の方描きたる障子の昼の御座《おまし》に立ちたる見る心地こそあはれに。

かくて、「ことなりぬ。遅し、遅し」とて、衛門の佐《すけ》、いとおびたたしげに、毘沙門などを見る心地して、我にもあらぬ心地しながら登りしこそ、我ながら目暗《くれ》れて覚えしか。手をかけさするまねして、髪上げ、寄りて針さしつ。我が身いらずともありぬべかりけることのさまかな、などかくしおきたることにかと覚ゆ。御前の、いとうつくしげに仕立てられて、御母屋のうちにゐさせ給ひたりけるを、見参らするも、胸つぶれてぞ覚ゆる。おほかた目に見えず、恥がましさのみよに心憂く覚ゆれば、はかばかしく見えさせ給はず。ことはてぬれば、もとの所にすべり入りぬ。

所々意味が通らない部分があるが、自分が帳に手を掛けるまねをすると、髪を上げた女官が寄ってきて帳をあげ針で止める。自分はまねしているだけだからいらないと書いている。御母屋は天皇の高御座《たかみくら》で、帳をあげることで新帝の顔が見えるのである。人々に新帝の顔を見せることで帝位に就いた者を明らかにする。

新帝の鳥羽天皇のようすも引いておく。

早朝《つとめて》、起きて見れば雪いみじく降りたり。今もうち散る。御前《おまへ》を見れば、別《べち》に違《たが》ひたることなき心地して、おはしますらんありさま、ことごとに思ひなされてゐたるほどに、「降れ、降れ、こ雪」といはけなき御気配にて仰せらるる、聞こゆる。こは誰《た》ぞ、誰が子にかと思ふほどに、まことにさぞかし。思ふにあさましう、これを主《しゆう》とうち頼み参らせて候はむずるかと、頼もしげなきぞ、あはれなる。

一月二日の早朝の記事である。雪に喜び興奮している幼帝が童謡を歌うのが聞こえてくる。幼いことは知っていたが、すぐには結びつかなかったのである。頼りないと感じている。

この童謡については、『徒然草』百八十一段に、

「降れ、降れ、こ雪。たんばのこ雪」といふ事、米搗《よねつ》き、篩《ふる》ひたるに似たれば「粉雪《こゆき》」といふ。「溜《たん》まれ、粉雪《こゆき》」といふべきを、誤りて「たんばの」といふなり、「垣や木の股に」と歌ふべしと、

ある物知り、申しき。昔よりいひける事にや。鳥羽の院、幼くおはしまして、雪の降るにかく仰せられけるよし、『讃岐の典侍の日記』に書きたり。

とあり、この童謡が歌い継がれていることがわかる。「たんば」は丹波と思う。たぶん何か伝承があると思うからである。「溜まる」はあまりに意味を取り過ぎている。同じように「こ雪」も「小雪」と思う。「粉雪」は粉のようにさらさらした雪であるが、それを「こ雪」というだろうか。少し降っている小雪にもっと降れといっている。『万葉集』の最後の大伴家持の歌「新しき年の初の初春の今日降る雪のいや重《し》け吉事《よごと》」があるように、新年の始めに降る雪はめでたいものとされていた。

しかしこの幼帝に慰められることなく、宮中に出仕すれば、堀河帝のことが思われてしまう。

つれづれなる昼つ方、くら部屋の方を見やれば、御経教へさせ給ふとて、「読みし経をよくしたためて取らせん」と仰せられて、御行ひのついでに二間《ふたま》にて、立ちておはしまして、したためさせ給ひて、局におりたりしに、御経したためて持て参りて笑はれんとぞ思しめして、あまりなるまでかつづかせ給ひし御言葉、思ひ出でらるるに、御前におはしまして、「われ抱きて、障子の絵見せよ」と仰せらるれば、よろづさむる心地すれど、朝餉《あさがれひ》の御障子の絵、御覧ぜさせ歩くに、夜の御殿の壁に、明け暮れ目馴れ覚えんと思したりし楽を書きて、押しつけさせ給へりし笛の譜の、押されたる跡の壁にあるを見つけたるぞ、あはれなる。

笛の音の押されし壁の跡見れば過ぎにしことは夢と覚ゆる

悲しく袖を顔に押しあつるを、あやしげに御覧ずれば、心得させ参らせじとて、さりげなくもてなしつつ、「あくびをせられて、かく目に涙の浮きたる」と申せば、「みな知りて候ふ」と仰せらるるに、あはれにもかたじけなくも覚えさせ給へば、「いかに知らせ給へるぞ」と申せば、「ほ文字のり文字のこと、思ひ出でるなめり」と仰せらるるは、堀河院の御事とよく心得させ給へると思ふもうつくしうて、あはれもさめぬる心地して笑《ゑ》まるる。

「つれづれなる昼つ方」と、昼時のとりたててすることもなく所在なくぼんやりしている状態から、「くらい部屋」（新全集頭注は長子の局があったかとする）のほうをみやることで思い出が蘇ってくるのである。お経を教えてくれようとした先帝のことが思い出される。ところが新帝が抱いて障子の絵を見せてくれというので、思い出にひたっていた気持ちが冷めてしまい、新帝を抱いて障子の絵を見て廻っていると、先帝が覚えようと笛の楽譜を書いて貼ってあった跡をみつけ、しみじみしてしまったという。そして涙が出てくるのをごまかしていると、新帝は書き手の心を知っているとかわいらしくいい、思い出がさめて微笑してしまうという。

涙を欠伸とごまかすこと、「のり文字」はわからないが、堀河天皇をさして「ほ文字」という。こういう言い方が古くからあることが知られる。

最初の思い出は「したため」が三回も使われており、うまい文章とはいえないし、場面がよくわからない。しかし先帝への想いから新帝のかわいらしさ、そして先帝の楽譜の貼り跡と、過去から現在へ、そして再び過去へ、さらに現在へとうまく展開している。先帝の思い出にばかりひたってしまう状態から次第に新たに仕える新帝に心が向かうようになる可能性を思わせる。といって、この後も堀河帝への想いは続いている。

そして、

わが同じ心に偲び参らせん人と、これをもろともに見ばやと思ひまはすに、偲び参らせぬ人は誰かはある、されど我をあひ思はざらん人に見せたらば、世にわづらはしく漏れ聞こえんもよしし、また、あひ思ひたらん人も、方人《かたうど》などなからん人ははえなき心地すれば、この三かどに合ひたらん人もがなと思ふに、常陸殿ばかりぞこの三かどに合ひたる人はあれと思ひ、迎へたれば、思ふもしるく、あはれに心やすくわたられたり。

日暮らしに語らひ暮らして。

とこの日記は終わる。「三かど」は堀河天皇を偲んでいること、私に好感をもっていること、味方がいることの三条件である。その条件を満たしている人と一緒にこの日記を読みたいという。ほとんど先帝を偲ぶ内容だから、一緒に読むことで、堀河天皇の思い出を語り合おうということになる。これは、自分の書いてきたことは同じ想いの人がいることを示しているとみていい。自分の感じたことは偏っていると思われるかもしれないが、同じ想いの人もいるから、間違っているわけではないというのである。『讃岐典侍日記』が書いたのは堀河天皇への想いであるが、それは「わが同じ心」と自分の気持の通じる人に閉じられているものだった。閉じられながら、共感する者、この場合は常陸殿は同じなのだと訴えている。小さな共感共同体が求められている。これは紫式部が書いた自分の目への自信が揺らいでいることを示している。

それにしてもこの日記は堀河天皇が発病してから崩御するまで側で看病し、新帝が即位してもその思い出から抜け出していけない状態を書いているから、宮廷の華やかさはほとんど書かれない。宮廷の日記なのに、いわば暗い日記なのである。新帝は幼く、かわいい盛りだが、天皇らしい威厳や頼もしさがない。宮廷が文化の中心だとしたら、文化の斜陽を書いているといえるだろう。平安末期を象徴するかのようだ。

3　漢文私日記と讃岐典侍日記

先に堀河天皇の看病の記事を見たが、堀河天皇の崩御の前後のことも詳しく書いている。崩御は嘉祥二年（一一〇七）七月十九日で、このあたりは藤原宗忠の私日記『中右記』が記録している。そこで、崩御の日の記録と『讃岐典侍日記』と並べて、漢文体の日記と「ひらがな体」の日記を比べてみよう。

『中右記』の崩御の記事

卯の刻ばかり御悩危急なり。陰陽師を召して之を問はしむ処、家栄占ひ申して云はく、御運極まる事なり。助あるべからずかと。

今日、大極殿に於て千僧御読経行はるべきなり。寿命経。上卿右大将、行事右中弁顕孝、八省に参り諸事を相催す云々。

御悩危急の間、公卿多た以て参集す。諸僧同音に加持し奉る。これ御邪気の疑あるによりてなり。かくの如きの間、漸く巳の刻に及ぶ。関白殿鬼の間障子口に走り出で、密語し給ひて予に仰せられて云はく、主上辰の刻ばかり御気已に断へ給ふなり。但し先ず自ら大般若法華経の号、並びに不動尊の宝号を唱へ、次に釈迦弥陀の宝号を唱ふ。西方に向ひ給ひ、身体安穏にしてただ睡眠に入り給ふが如なり。しかして邪気の疑を思ひ、近候の人々に命じて驚かしめずと。予初めてこの事を聞き、神心迷乱し、已に東西を失す。しかれども又殿下の仰せによりて人々に語らず。ただ一身悩乱し、万事不覚なり。

已に未の一点に及び、大僧正退出せらる。御修法御読経の僧侶漸く以て分散す。已に崩御し給ふの由、禁中遍く聞え、男女近習の人々の悲哭の声勝へ忍ぶべからず。殿下より始めて諸人に至るまで、哀慟の心殆ど魂を消さむとす。下官今生見奉るべき剋ただこの度にあり。北面の方に走り廻り御簾の下に付き、左衛門監の手を執りて、悲泣の中、今一度見奉らんの由、切々と相責むるの処、彼の人御簾の隙より見奉るべきの由その命あり。乃ち見奉る。容顔変ず御寝に入る如し。凡そ悲泣の涙を呑み、帰る方を知らず。独り簾の下に付きてただ魂を銷む。頃にして殿上の方に帰る。この間民部卿殿下に申されて言はく、天下の大事之を如何と為す。殿下早く院に申すべきなり。璽剣その沙汰法王の仰せに従はむ、てへり。民部卿則ち院に参り、奏せらるるの処、法王凡そ前後を知り給はず、左右の仰せ無きの由、下官に付きて殿下に申せらる。乃ち万事仰せ下されず。予殿下に申して云はく、天下は重器なり。王位空しかるべからず。先例一日の中剣璽渡さるる如何と。法王左右に仰せらるる前に、我独り沙汰すべからずの由、仰せあり。尤もしかるべきか。抑も大行皇帝八歳にして帝位に即き、九歳にして詩書を携へ、慈悲性禀け、仏法を心に刻む。凡そその在位二十一年間、罪を退け賞を先とし、仁を施し恩を普む。喜怒色に出さず、愛悪掲げず。王侯相将より上下男女に至るまで各皆恵化に浴し、陶染堯風たり。この時に当たり父母を喪ふが如し。我君の才智漸く高く、已に諸道に通ず。就中法令格式の道、弦管歌詠の遊、天性の授る所往古に愧ぢず。少齢の日より大位の年に及び、叙位除目御意及ぶ所、道理を先となす。ただ恨むらくは時世末に及び、天下頗る乱る。但しこれ偏に一人の咎にあらざるか。法王已に在り、世間の事両方に相ひ分かるる故なり。

大極殿千僧御読経未だ始めらるる前、天下大事を聞く。人々分散云々。

申の時ばかり、民部卿院宣を奉じ参られて云はく、幼主未だ万機を親まざるの間、右大臣藤原朝臣をして摂政せしむ。璽剣新君に渡さるるの事、早く例に任せて沙汰すべし、てへり。則ちこの告に驚き、御直廬に参る。右大弁時範朝臣仰せを奉じ、大外記大夫史大内記を召して遣はす。則ち皆参る。且つは先例を尋ねられ、或は公卿諸司を催さる。卒爾の事たるによりて子細に能はず。凡そ暗夜に向ふが如し。殿下示し仰せられて云ふ、先に壮年の間摂政の職に昇りこの事を図らず。就中先帝の御事悲嘆心を摧く。新君の沙汰、迷乱方を失ふ。憂喜の処已に前後に迷ふ、之を如何せむ、と。仰せの旨誠に以てしかるべし。（以下略）

記録していく文体で、御前十時頃、自分が天皇崩御したことを関白藤原忠実から密かに聞き、驚いたが、誰にもいわなかったこと、午後二時半頃には崩御が皆に知れたこと、白河法皇に報告し、沙汰を仰ぐが仰せはなく、自分が先例によって宝剣と玉璽を新帝に渡すことを進言したこと、関白は法皇が何かいう前に自分が沙汰するわけにはいかないといい、自分も納得したこと、天皇は八歳で帝位に就き、在位の二十一年間に善政をなしたこと、たった一つ残念なことは治世の末期に世が乱れたこと、午後四時頃、民部卿源俊明が幼帝なので忠実が摂政をするという院宣を告げたこと、忠実が新帝即位にむけたこと、葬儀のことなど先例を調べさせ、行動させたこと、忠実は経験がなく、また悲嘆にくれていて、どうしていいかわからないといったこと、等が記されている。

書き手宗忠が一人称で書いているのは納得したという二か所だけである。

御前六時頃、天皇が重体だということで、人々は集まっていた。陰陽師が呼ばれ、運がつきたので、助命はしないと占った。これが臨終の際の儀礼と知られる。この陰陽師の占を書き手は見ていない。にもかかわらず、書くのは、書く視点が自分を超える公のものだからである。

御前八時頃崩御したが、それはすぐ明らかにされない。十時頃忠実が「鬼の間の障子口から走り出て密かに自分に話したとある。崩御から二時間経っている。「邪気の疑」があるからとある。宗忠もそれを誰にも話さないで、午後二時半頃、「邪気の疑」を鎮めた大僧正が退出し、御修法の御読経の僧が去っていくことで、崩御が公になったのである。

宗忠が見たこと、聞いたことを時間に従って書いていくことで、崩御前後のことがそれなりに伝えられている。儀礼的なことも分かる。

讃岐典侍日記の崩御の記述

『中右記』の「卯の刻ばかり御悩危急なり」に当たるのは「むげに重くおはします」と書かれ、書き手が天皇の側に行って、

見れば、大弐の三位後ろの方抱き参らせて、大臣殿の三位、ありつるままに添ひ臥し参らせられたり。御あとの方につい居たれば、大弐三位、「苦しうせさせ給へば申しつるぞ。その御足とらへ参らせ給へ」とあれば、とらへ参らせゐたり。御汗のごひなどせさせ給ふ。大臣殿の三位、「かくしづまらせ給へる程に、せまほしき事のある、して参らん」とて、「参らせ給へ」とあれば、添ひ臥し参らせぬ。しばしばかりありて、例の定海阿闍梨、御几帳の側に召し入れて、「観音品読みて聞

かせよ」と仰せらるれば、いと尊く読み給ふ。いかにおぼしめすにか、「偈《げ》を読め」と仰せらるる、おぼしめすやうあるなめりと、心得がたし。

大臣殿の三位帰り参られたれば、御足うちかけて御手を頸にうちかけさせ給へば、えはたらかねば、三位殿、わがゐたるやうに御あとの方に候はる。例の氷《ひ》など参らせ、「御汗のごへ」と仰せらるれば、御枕上なる陸奥紙して御鬢のわたりなどのごひ参らす程に、「いみじく苦しくこそなるなれ。われは死なんずるなりけり」と仰せられて、「南無阿弥陀仏、南無阿弥陀仏」と仰せらるるを聞くに、ただおはします折に、かやうの事は局々《つぼねつぼね》の下人《しもびと》まで、いまいましき事にこそいふを、御口よりさはさはと仰せられ出だすを聞くは、夢かなどまで、あさましければ、涙もせきあへず。

というように、重体の天皇が死に直面しているさまが書かれている。そして関白忠実が登場する。

殿、御顔にあてて、「仏を念じせさせ給へ。書かせ給ふと聞き参らせし御筆の大般若はいづこにかおはしますぞ。それをよく念じ参らさせ給へ」と申し給へば「二間《ふたま》にこそあらめ」と仰せらるれば、殿、聞きて取りて参らせ給ふ。「これにや」など見せ参らせ給へば、「これなり」と仰せらる。「なほ苦しうこそなりまさるなれ」とて、ただせきあげにせきあげさせ給ふ御けしきにて、「ただ今死なんずるなりけり。大神宮助けさせ給へ。南無《なむ》平等《びやうどう》大慧《だいゑ》講明法華《めうほふけ》」など、まことに尊きことども仰せられつつ、「苦しう堪へがたくおぼゆるる。抱《いだ》き起こせ」と仰せらるれば、起き上がりて抱き起し参らするに、日ごろはかやうに起こし参らするに、いと所せく抱きにくくおぼえさせ給へるなりけり。いと安らかに起こされさせ給ひぬ。

　大弐三位、御後ろに居給ひたり。御背中を寄せかけ参らせて、御手をとらへ参らせなどする、御腕《かひな》冷ややかに探られさせ給ふ。かばかり暑き頃、かく探られ給ふほどはと、あやし、あさまし、たとへんかたなし。

　僧正召し、十二人の久住者《くぢゅうさ》召し寄せて、おほかた物も聞こえずなりにたり。大臣殿の三位、御口に手を濡らして塗りなどし参らせ給ふ。念仏みじく申させ給ふさまこそことのほかなれ。ともすれば「大神宮助けさせ給へ」と申させ給へど、そのしるしなく、無下に御目など変はりゆく。僧正、とみに参らせ給はず。やや久しくありて参らせ給へれば、日ごろ隔つれど、何のものおぼえんにかものの恥づかしともおぼえむ、ただ一つにまとはれて、僧正、三位殿二人、御前、我が身、五人の人々一つにまとはれて合ひたり。声も惜しまず、頭よりまことに黒煙《くろけぶり》立つばかり、目も見開けず念じ入りて、仏を恨み口説き申さるるさまいと頼もし。例ならぬ折はあやしの僧だに、もの祈るは頼もしくこそなる心地すれ、かばかりの人の一心に心に入れて、「年頃仏に仕うまつりて六十余年になりぬるに、まだされども仏法つきず、すみやかにこの御目直させ給へ」と、人などいふやうに、遅し遅しとあれど、何のしるしもなくて、御口の限りなん念仏申させ給へるも、働かせ給はずならせ給ひぬ。

と、忠実が臨終の部屋にいて、仏を念じ来世を願うようにいっている。この部屋を『中右記』では「鬼の間」といっていた。鬼は死者の霊魂をいうから、臨終する部屋ということかもしれない。「二間」は仏間らしい。この記述から関白忠実は臨終に立ち会っていたこともわかる。そして臨終にたちあったのは、僧正と女房三人、そして忠実だったことも知られる。かれら五人は恥ずかしさも忘れ、身を寄せて天皇を囲んでいた。比叡山に長く籠って修行してきた十二人の老僧も少し離れていた。

伊勢神宮も念じている。「南無平等大会講明法華」は「法華経に帰依をささげる言葉」という（全書頭注）。

このように『讃岐典侍日記』は基本的に自分の見たことから書いており、それが宮廷全体にどういう意味をもつかなどはわからない。登場人物も、その人の動きなど見たことが書かれている。それゆえ天皇の崩御の場面がそれなりにリアルである。

このように比較してみると、漢文体の私日記が公の視点から記録しようとするものであり、ひらがな体の私日記が私の視点から記録しようとするものであることがよくわかる。したがって、漢文体の私日記は天皇の崩御を制度を含め全体から記録しようとし、自分についてもいわゆる私のみのものではないところから書いている。それに対しひらがな体の私日記は自分の見、感じた天皇の崩御そのものを書こうとしているといえる。その意味では漢文体の日記を中心にみればひらがな体の私日記は漢文体の私日記の公的な性格による記録を補完する働きをもつといえるだろう。

終章　平安期の歴史と日記そして日記文学

歴史書と日記

日記はすでに七世紀にあったが、盛んに書かれるようになるのは宇多天皇がみずからも書き残し、各省庁に記録を残すように奨励して以降である。

十世紀末近く、まるで国家の歴史編纂がなされなくなる時期に対応するかのように、漢文体の私日記が書かれるようになった。国家の歴史書を書こうとする意図があったかどうかではない。実際になされなかったということ、そして同時期に私日記が書かれるようになったことを偶然としてみてもいいが、平安朝という時代、そして当時歴史をどう考えていたかを考える手がかりになるとみなすほうが当然だと思える。

どうであれ国家はあり続けるのだから、国家の歴史が書かれなくなり、個人の日記が書かれるようになるのは、国家の共同性がむしろ個別的なものにこそ支えられていることを思わせる。天皇を産んだ后の親であることによって政権の中枢を担う摂関制が制度化されていくのもこの構造と通底しているだろう。天皇の外戚という関係において藤原氏は権力を握り、その藤原氏と姻戚関係を結ぶことで中流の貴族たちは権力と繋がったのである。いうならば私的な関係が連なることで国家が成り立つという構造になっていったのである。

中下流の貴族は摂関家の家司になることが多かったのも同じである。受領たちも家司になった。そのようにして、一面ではあるが、地方も摂関家が掌握することになった。律令によって摂関に繋がることも多く、律令を私的な関係によって内部から侵食する体制が形成されていった。この矛盾が平安末に武士の成長を可能にし、鎌倉幕府の政権をもたらしたのである。

国家の歴史書としては『日本書紀』から始まる六国史があった。これは年月日に従って出来事を記すスタイルで、日記と同じである。違いは複数の編纂者が史料を元に国家の立場から選別して造るものが国家の歴史で、個人が毎日の出来事を選別して書くのが私日記であるといえる。漢文体の私日記は自分の役職を通じて国家にかかわるわけで、国家全体を見渡して書くものではないのである。といって、前章で述べたように、個人の視点から出来事を記録するものだが、その個人は律令制、天皇制などの立場に立つものでそれが客観的な記録を支えていた。つまり私の視点ではないのである。

したがって漢文体の私日記が国家の歴史書にかかわりうるのは、書き手がかかわる役職の仕事、参加した宮廷の行事など、ほんの一部でしかない。ということは国家がそういう面で捉えられていたといえるだろう。中国のように革命はなく、皇統の交代しかなかったことが象徴している。国家も天皇制も揺らぐことはなかった。せいぜい平将門の乱が可能性を秘めていたくらいではないか。光孝に始まる新しい皇統の二代目宇多が宮廷改革を行ったのが以降の国家の方向を決定づけたといえるだろう。古瀬奈津子によれば、平安時代初期、宣旨職である令外官（蔵人所、検非違使）が設けられ、天皇と貴族、官人の関係に変化が生じ、昇殿制が成立し、宇多朝において整備拡充され、単なる天皇の私的側近制度であったものが政治の表面に出て、殿上の間が清涼殿に設けられることで、従来政務の場であった紫宸殿が儀礼の場に、清涼殿が日常政務の場になった。これにより、宇多朝以降、清涼殿が天皇の日常政務とプライベートを兼ねる場となって、天皇の私的伺候者であった殿上人近習が公的にも重きをなすようになったという（「昇殿制の成立」『日本古代の政治と分化』一九八七年）。

この昇殿制はたとえば『大和物語』第二段でいえば、碁打ちとして名のあった備前掾橘良利が宇多天皇の殿上に伺候しているなど、政治に優れたとはいえそうもない人物がいたことで、以降の宮廷世界を賑やかにしている。備前掾は従七位下相当の身分にあたるからとても殿上人になれそうもない。

平安中期以降の文化にとって宇多の位置は大きい。出家した院による政治への関与が後の院政を導いただけでない。『大和物語』第二段は宇多の出家に従い自身も即座に剃髪し、修行にも同行し山踏み（山林修行）に出かけた橘良利が語られているが、この段の山踏みがどこと記されていないことが後に熊野詣での始まりも宇多にあるという考えを生んでいる（清水章雄『大和物語注釈　上』第二段〈古橋編、二〇二〇年刊行予定〉）。『大和物語』九十九段では大井行幸の始まりが宇多にされている。菅原道真の登用は宇多によるが、醍醐によって左遷され、怨霊となって天神信仰を生み出すこととなった。

この公私混同ともいうことのできる体制のなかで、宇多によって日記が奨励され、漢文体の私日記は書き始められたのである。

日記と日記文学

漢文体の私日記は宇多天皇自身が書いただけでなく、その奨励もあって書かれるようになった。ひらがな体の私日記は紀貫之の『土佐日記』から始まる。すでに述べたことだが、『土佐日記』は「男もすなる日記といふものを女もしてみむとてするなり」と書き出される。男の書く日記とは漢文体の私日記をさしている。貫之が「女もしてみむ」と書いているのは、女が漢文体の日記を書こうというのではない。女が女の文体である女手で書いてみようというのである。漢文体は中国の文体であり、その文体を書く位置に立てば、一人称の日記を書くことができた。しかし「ひらがな体」は一人称とも三人称とも決めかねる文体だったから、一人称で書く位置を定めるのは難しかった。その揺れが『土佐日記』の書き手の位置を不安定なものにした。しかし『土佐日記』は漢文体の私日記が一人称で書いていることを、とにかくもひらがな体に持ち込んだのである。ならばなぜ一人称で書くことが求められたのだろうか。その理由は『蜻蛉日記』の序がよく語っている。貴公子との自分の結婚は物語では幸せになるはずなのに、体験からは「そらごと」である。いうならば、物語の共同の幻想と個別的な体験とのずれから日記を書くことで真実を語ろうという。自分の体験を書くものとして日記が選ばれたのである。自分の体験だから一人称で書く。この日記はもちろん漢文ではありえない。物語と並べられている。

しかし別の疑問がある。『蜻蛉日記』の作者はなぜ「そらごと」でない物語を書こうとしないで、日記を選んだのだろうか。物語は「そらごと」つまりフィクションを書くものだから、体験した事実を書く日記を選んだというべきだろう。事実を書くには日記でなければならなかったのである。日々の事実を一人称で書く漢文体の私日記があり、それに倣って『土佐日記』が書かれていたのである。つまり書くには文体が優先された。『蜻蛉日記』の作者は体験した事実は一人称でこそ書けると考えた。しかし『土佐日記』の書き手の一人称は不安定なものだった。そこで『蜻蛉日記』は徹底的に自分の体験に添って書くことを科したのである。その意味では、一人称で書くことを徹底させるために、上流貴族である藤原兼家との関係に絞って書いたといってみたい気がする。なぜなら、日記というには、兼家以外のことはあまりに少ないからである。

このように考えるには、先に述べた私的な関係が重くなった状況がある。漢文体の私日記は自分の体験といっても、公にかかわることが中心になる。書き手は私の側から書くのではなく、公の側から書いているのである。しかし書き手が公を書くのに私の側から書くことは可能だ。上司は威張っているから勤めに出たくないなど、どんな社会にもありうるだろう。しかし漢文体の私日記にはそういうことはほとんど書かれていない。後の規範になるように、公の視点で書くからである。『小右記』が藤原道長の批判を書いても、公の視点からおかしいというのである。ひらがな体の『土佐日記』は私の側から書いている。だから旅出の儀礼的な面はほとんど書かない。『蜻蛉日記』の作者にはその貴公子との結婚生活というまったく個別的な体験があった。時代が個別的な在り方に関心をもったからである。関心があれば書く対象になるのである。

『蜻蛉日記』は自分にこだわって書くことでひらがな体を一人称で書くに成功した。この方向は『紫式部日記』に受け継がれ、自己省察的なところに向かった。中宮彰子の出産の記録を中心に書くが、書いている自分という問題を抱えたのである。

そして『更級日記』は日記という在り方にこだわりつつ、自己の半生を自分の人生を辿ることで考察した。

歴史と文学

個別的なことにこだわる状況は十世紀後半の『大和物語』にさまざまな場面が書かれていることで分かる。物語の場面の元になったといってもいいくらいだと思う。

『大和物語』第五段は、

> 前坊の君うせ給ひにければ、大輔限りなく悲しくのみ覚ゆるに、后の宮、后に立ち給ふ日になりにければ、ゆゆしとて隠しけり。さりければ詠みて出だしける。
>
> わびぬれば今はとものを思へども心ににぬは涙なりけり

と、前皇太子保明親王が亡くなり、親王の乳母子である大輔の嘆きがひどく、穏子が立后の日に不吉なので大輔は隠されたという話である。立后という国の喜びの日に、大輔は乳母子であり、また愛人でもある保明親王の死を嘆いているのでどこかの部屋に閉じ込められたのである。この話は大輔個人に関心があるから話されたものである。このように『大和物語』は個人の生活への関心から書かれている話が多くあり、十世紀後半の人への関心のありかが分かる。

この話は、飯田紀久子「『大和物語』における道真の影」（『武蔵大学人文学会誌』四十四巻三号）が、保明親王の死について、『日本紀略』延長元年（九二三）三月一日条に「天下庶人、莫不悲泣、其声如雷、挙世云、菅帥霊魂宿忿所為也」とあり、菅原道真の怨霊によると噂された記事を引き、『大和物語』は亭子院（宇多）を中心とした歌物語なのに、道真が登場しないのは表では避けられていたからで、この五段の保明親王の死といえばそういう噂があることは周知のことだから、当時の人々は道真を思い出したはずであり、この五段のような形で書かれたのではないかと述べている。

穏子は藤原時平の娘で、保明親王だけでなく、村上天皇、朱雀天皇の母であった。その穏子の立后は親王の死のわずか一か月後である。何かと噂が流れて当然だった。歴史書ではなかなか書かれないことであろうことが、物語ではこのような形でだが、書かれることがある例になる。

『蜻蛉日記』は安和の変（安和二年〈九六九〉）で源高明が流されることが書かれている。

（三月）二十五六日のほどに、西の宮の左大臣流され給ふ。見奉らんとて、天の下ゆすりて、西の宮へ人走りまどふ。いといみじきことかなと聞くほどに、人にも見え給はで、逃げ出で給ひにけり。「愛宕になん」「清水に」などゆすりて、遂に尋ね出でて、流し奉ると聞くに、あいなしと思ふまでいみじく悲しく、心もとなき身だに、かく思ひ知りたる人は袖を濡らさぬといふ類なし。あまたの御子どもも、あやしき国々の空になりつつ行方も知らず散り散りに別れ給ふ。あるは御髪下しなど、すべていへば愚かにいみじ。大臣も法師になり給ひにけれど、強いて帥になし奉りて追ひ下し奉る。そのころほひ、ただこの事にて過ぎぬ。身の上をのみする日記には入るまじきことなれども、悲しと思ひいりしも誰ならねば、記しおくなり。

最後の「身の上をのみする日記には入るまじきことなれども」の部分を先に引いている。高明が愛宕に逃げた、清水に逃げたなど人々が噂したことなど記されている。そして縁者でもない自分でさえとても辛いことに思えるのにと嘆いている。これも歴史書ではなかなか書かれることではない。

身の上を書く日記には書くべきことではないが、悲しく思うのは自分だから書くのだと弁解している。他人の悲劇など書くものではないという日記についての考えと、自分の感じたことだから日記に書いてもいいという考えを意図的にしていることが分かる。日記というものと、書く自分が意識されているわけだ。

『大和物語』の例は歴史の一場面においてすべての人々が同じ反応をするのではなく、文学では個人の側の個別的な面から書かれ、さらにそれを書くことが全体に対する批判とはいわないまでも、裏側から書かれることがあることを示している。『蜻蛉日記』の例は歴史の一場面に対する人々の一般的な反応が書かれている。こちらは批判でも裏側でもない。ここから導くことのできる歴史と文学との関係は、文学が歴史の一場面に対する個人の側からの反応であるということだろう。そしてそれはその場面を批判的に受け止めている場合もある。

歴史の一場面という言い方をしたが、出来事を歴史の一場面と位置付けるのは歴史を前提にしているからである。たとえば私の家の書斎も書庫も満杯で、定年で研究室の本を持ち帰らねばならなくなって結局一間の物置二棟を建てた。これは私や家の者にとってはけっこうな出来事である。これを歴史に位置づけるとすれば、私の個体史か古橋家の家の歴史か、せいぜい勤めていた武蔵大学の歴史かだろう。大学の歴史では定年は記されるが、本の処置まで書かれない。武蔵大学史でさえ個人の個別的なレベルは書かれない。つまり歴史は個人のレベルを扱うことはではない。歴史としているのはこういう個別的な出来事を包む身近なレベルから、遥か遠くの日本、世界などの出来事までである。私は大学に勤めて生活の糧を得ていたが、私も大学がそういうものとして成立した歴史に繋がっている。日本の学制、さらに知の世界史の具体的なあらわれのなかにあるのである。もちろんそれは私の大学教員、そして研究者としての面が取り出されて歴史を構成するにすぎない。

しかし普段こんなことは意識していない。したがってわれわれには歴史は遠いものでしかない。

歴史と歴史学

『蜻蛉日記』の先に引いた部分は書き手が日本史の、平安時代の政治史の一場面に出会った時、自分には関係ないことだがとしているところにむしろ自身がやろうとしたことの自覚を語っている。それが自分が思っているのだから書いてもいいという言い方になっているわけだ。この自覚は作者が一人称で書こうとすることによって、書く自分という存在を確かにしたことを意味している。そして『紫式部日記』の見ていないものは書かないという態度に繋がり、『源氏物語』を生むことになった。『蜻蛉日記』は『土佐日記』に出されたひらがな体で、一人称で書く問題を引き受けているから、文学史のなかに身を置き、新しいひらがな体の日記文学を書き、『源氏物語』への道を作ったという意味で、文学の歴史つまり文学史が示されている。

文学史は文学作品がどのように生まれ、どのように展開してきたかの歴史である。文学の固有性は言葉の表現ということだから、言葉の表現がどのように展開してきたかとなる。このように、歴史は文学史、政治史、経済史というように、人類が地球上に登場して以降の人間のさまざまな分野の営みが時間の流れとして受け止められた時に、始めてあらわれるものである。もちろん人類を超えた宇宙の地球史というレベルもありうるだろう。つまり一般的な歴史などないのである。そして先に述べたように、ある出来事がそのさまざまな分野の一つに時間的に位置づけられた時、その分野の歴史となる。

しかし文学史は文学固有の面での歴史だが、その時代、社会の中での人間の営為の一つである。ならばまず美術史、音楽史などいわゆる芸術全体における共通性もあるのではないか。先に平安時代は人間の私的な関係によって成り立っている社会なのではないかと述べ、それが日記が書かれる理由ではないかと述べたが、それを社会史とでもいえば、その意味で社会史と文学史はかかわっている。私的な関係については、摂関制といえば政治史でもあるから、政治史ともかかわっていることになる。このように、他の分野の歴史とかかわっていることは当然あるだろう。そちらを意識しながら、各分野の歴史を考えることは可能だし、そういう方向が必要だと考えている。このような分野を超える歴史を、ほんとうは私は人間史とでも呼んでみたいと思っている。

現在、歴史学は歴史的事象を解明していくことが主流になっているようにみえる。先に『蜻蛉日記』が安和の変に触れていることを述べ、歴史の一場面としての出来事という言い方をしたが、われわれは常に歴史の一場面に生活している。その歴史全体を考察する歴史は無理だとしても、各論の先に歴史をみようとする方向があって欲しい。歴史的事象だけを取り出して論ずるのでは、歴史は静態的な的なものになってしまう。少なくとも、私はそこまで求めたくなるから、歴史学も社会史も美術史も、人類学も民俗学も学びたくなる。歴史学はそういう歴史まで示すものであってほしいと思っている。

そういう意味をこめて、本書は文学から歴史を語ってみたものである。

あとがき

本書は倉本一宏さんがこのシリーズに誘ってくれたことで書けた。おかげで、平安期の日記文学を繰り返し続けて読むという初めての体験をした。それぞれを別々に読んではいたが、続けて読んだことはなかったのである。続けて読んだことによって、これまで考えていた一人称のことが明確になっていった。さぼっていただけではあるが、文学史を書きたくて次々読んでいって、余裕がなく、頭の中で整理されていった弱点が出てしまったといっていい。『土佐日記』がへたといってもいい文章なのは一人称で書くことの困難さとして理解できた。そして『蜻蛉日記』は書く対象を兼家との関係に限定することで、一人称で書くことができていったというような展開は、文学史としてきちんと展開できることだったのである。

続けて読むことによって、時間の問題も明確になった。日付ごとに書くのが日記なのに、平安の女流日記文学はそうなっていない。内的な時間といってみてもいいが、それなら日記でなくてもいい。物語は時間に従って展開しているではないか。そう考えると、むしろ連続していない時間を書いているから日記なのだということがみえてくる。

というわけで、一人称と時間が本書の中心になった。書いていってけっこうおもしろかった。書きながら開けてくる感じがあったのである。

この二十年近く、私は学会に出ないだけでなく、学者たちとの付き合いもほとんどなくなっている。そしてこの数年は論文だけでなく、古典もあまり読んでいない。私は院生の頃、古典文学研究を世界水準にしたいと思っていたが、それは自分が選んだ分野でそうすることで、この世界は少しは変わるというようなことを考えていたからであった。それぞれがそれぞれの分野でそういう努力をしていけば世界は変わっていく。普遍のレベルが明らかになっていき、そこで鍛えられた目でみれば利害に奮闘するのはばかばかしくなるはずであり、不公平も差別もなくなり、生きやすい世の中になるというようなことを夢見ていたのである。直接的にそうしようとすると組織を作らねばならなくなり、そうすれば必然的に戦略など政治を抱え込まざるをえなくなり、嘘をついたり、隠したりすることになるだろう。嘘や隠蔽を許容する社会がいいものには思えなかった。もちろん私のそんな夢想は何の意味もないと分かっていったのだが、学、研究の世界だけは知にかかわるものだから、必然的に普遍性に辿り着こうとしてしまうものだと思っていたことは変わらなかった。一九九〇年代あたりから大学の教授会が受験生の減少などで大学の存立が危ういといわれ、受験生を集めるためにどうするかなど、利害関係の議論を恥も外聞もなくし始めるようになりだして、最終的に学者幻想も消えた。そして学や研究への情熱も薄らいでいったのであった。

後は余生だから、好きなものを読んでいればいいという想いだったが、倉本さんに京都の国際日本文化研究センターのプロジェクトに呼ばれ、京都に行くのも悪くないかと、いわばいいかげんな気持ちで参加していたのだった。

この本で久々に高揚感を味わったが、学への情熱はあまり戻って来ない。最後に、院の授業でずっとやってきた歌と物語というテーマの最後でとりあげた『大和物語』の読みが、既刊の注釈書の読みとまるで異なるものになっていくので、注釈を出して終わろうと最近では珍しく努力をしている。

でも平安日記を通して読み考えたことが、『大和物語』の読みにも深く関係している。そして日記文学、『大和物語』を読んでいって、ようやく古典の散文が読めるようになったという感慨がある。和歌は読み始めて三十年、散文は五十年近く経ってである。

そう思えるようになった直接的な要因が本書を書いたことであった。その意味で、この仕事を与えてくれた倉本さんに感謝している。とともに、担当の編集者の西之原一貴さんにも感謝している。西之原さんには私の原稿をとてもおもしろがっていただき、活力をあたえていただいた。さらに西之原さんには私の仕事が特に今の閉塞的な研究状況を突破していくためにも必要なものだ、著作集を出さないかといっていただいた。私は最初の本『古代歌謡論』以来、何人ものいい編集者に出会い、自分なりに満足できる仕事をやってこられた。かれらの名をあげ、一人一人に感謝したいくらいだ。とても運がよかったと思う。

平成三十年一月三日

古橋　信孝

古橋信孝（ふるはし　のぶよし）

1943年東京都生。東京大学大学院修了。武蔵大学名誉教授。博士（文学）。

主要著書に、『万葉集』（ちくま新書、1994年）、『平安京の都市生活と郊外』（吉川弘文館、1998年）、『物語文学の誕生』（角川書店、2000年）、『誤読された万葉集』（新潮社、2004年）、『日本文学の流れ』（岩波書店、2010年）、『柿本人麿』（ミネルヴァ書房、2015年）、『文学はなぜ必要か』（笠間書院、2015年）、『古代の恋愛生活』（吉川弘文館、2016年）。

日記で読む日本史 9

平安期日記文学総説
一人称の成立と展開

二〇一八年三月三十一日　初版発行

著　者　古　橋　信　孝

発行者　片　岡　　敦

印刷 製本　亜細亜印刷株式会社

606-8204 京都市左京区田中下柳町八番地

発行所　株式会社 臨　川　書　店

電話（〇七五）七二一―七一一一
郵便振替　〇一〇七〇―二―八〇〇

落丁本・乱丁本はお取替えいたします
定価はカバーに表示してあります

ISBN 978-4-653-04349-2　C0395　© 古橋信孝 2018
〔ISBN 978-4-653-04340-9　C0321　セット〕

・JCOPY 〈(社)出版者著作権管理機構委託出版物〉
本書の無断複写は著作権法上での例外を除き禁じられています。複写される場合は、そのつど事前に、(社)出版者著作権管理機構（電話 03-3513-6969、FAX 03-3513-6979、e-mail：info@jcopy.or.jp）の許諾を得てください。

日記で読む日本史　全20巻

倉本一宏 監修

■四六判・上製・平均250頁・予価各巻本体 2,800円

ひとはなぜ日記を書き、他人の日記を読むのか？
平安官人の古記録や「紫式部日記」などから、「昭和天皇実録」に至るまで——従来の学問的な枠組や時代に捉われることなく日記のもつ多面的な魅力を解き明かし、数多の日記が綴ってきた日本文化の深層に迫る。

〈詳細は内容見本をご請求ください〉

《各巻詳細》

1	日本人にとって日記とは何か		倉本一宏編	2,800円
2	平安貴族社会と具注暦		山下克明著	3,000円
3	宇多天皇の日記を読む		古藤真平著	
4	『更級日記』における歴史と文学	「ためし」としての日記	石川久美子著	
5	日記から読む摂関政治		古瀬奈津子・東海林亜矢子著	
6	紫式部日記を読み解く	源氏物語の作者が見た宮廷社会	池田節子著	3,000円
7	平安宮廷の日記の利用法	『醍醐天皇御記』をめぐって	堀井佳代子著	3,000円
8	皇位継承の記録と文学	『栄花物語』の謎を考える	中村康夫著	2,800円
9	平安期日記文学総説	一人称の成立と展開	古橋信孝著	3,000円
10	王朝貴族の葬送儀礼と仏事		上野勝之著	3,000円
11	平安時代の国司の赴任	『時範記』をよむ	森　公章著	2,800円
12	物語がつくった驕れる平家	貴族日記にみる平家の実像	曽我良成著	2,800円
13	日記に魅入られた人々	王朝貴族と中世公家	松薗　斉著	2,800円
14	国宝『明月記』と藤原定家の世界		藤本孝一著	2,900円
15	日記の史料学	史料として読む面白さ	尾上陽介著	
16	徳川日本のナショナル・ライブラリー		松田泰代著	3,500円
17	琉球王国那覇役人の日記	福地家日記史料群	下郡　剛著	3,000円
18	クララ・ホイットニーが暮らした日々	日記に映る明治の日本	佐野真由子著	
19	「日記」と「随筆」	ジャンル概念の日本史	鈴木貞美著	3,000円
20	昭和天皇と終戦		鈴木多聞著	

＊白抜は既刊・一部タイトル予定